KB246167

변천 變遷

변천變遷

초판 1쇄 인쇄_ 2013년 6월 20일 | **초판 1쇄 발행_** 2013년 6월 25일
지은이_ 서민수 | **펴낸이_** 진성옥 · 오광수 | **펴낸곳_** 꿈과희망
디자인 · 편집_ 김창숙, 박희진 | **마케팅_** 최대현, 김진용
주소_ 서울시 용산구 갈월동 101-49 고려에이트리움 713
전화_ 02)2681-2832 | **팩스_** 02)943-0935 | **출판등록_** 제1-3077호
http://www.dreamnhope.com| e-mail_ jinsungok@empal.com
ISBN_978-89-94648-45-3 43810
※ 책 값은 뒤표지에 있습니다.
ⓒPrinted in Korea. | ※ 잘못된 책은 바꾸어 드립니다.

變遷

변천

서민수 지음

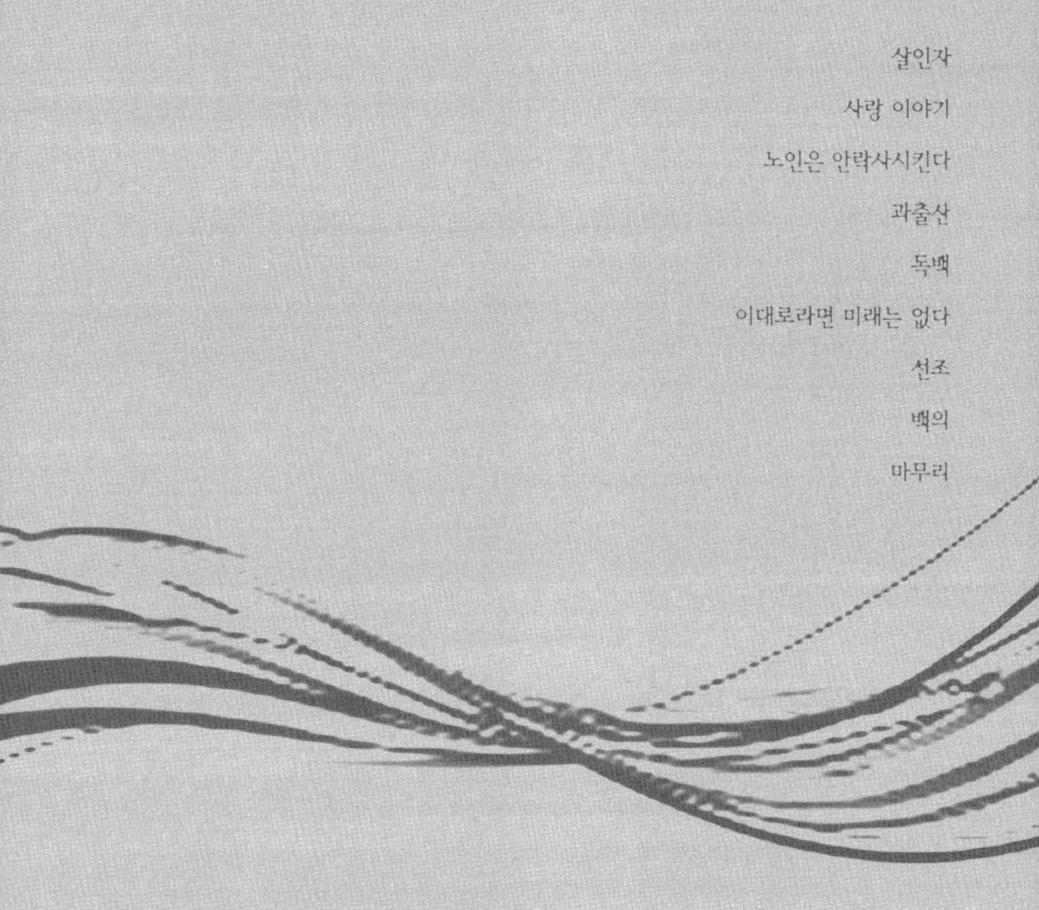

1부

두려움이 덮쳐온다. 현장보존선이 가까워진다. 붉은 것이 보인다. 여자는 입을 다물지 못한다. 힘이 빠진다. 밟고 있던 엑셀이 풀린다. 여자는 두려워졌다. 저것이 정말로 살인자라는 것이, 붉게 쏘아대는 눈동자가 자신을 집어삼킬 듯한 것이 경악스러워 굳고 말았다. 그것만이 아니다. 거기까지는 좋다. 걷는다. 걸어온다. 사나이가, 곁으로, 운전석 앞에 선다. 손잡이를 잡아당긴다. 잠겨 있다. 똑똑, 창문에 노크질을 한다. 여자는 현기증이 난다. 핸들에 머리를 박았다. 클랙슨 소리가 새벽을 깨운다. 살인자는 말이 없다. 기척이 느껴지지 않는다. 여자는 창문 쪽을 쳐다보았다. 그리고 벙어리가 되고 기절한다. 창문이 살인자의 주먹과 맞닿아서, 와장창, 하며 파편이 여자에게도 튄다. 살인자는 안쪽으로 문을 열어 여자의 목덜이를 잡아챈다. 유리 파편에 피가 흐르는 것 같으나 죽을 만큼은 아니다. 그대로 여자를 끄집어낸다. 의식 없는 동물을 살인자는 도로변에 눕힌다.

살인자

세상은 우두커니, 적색 코트를 날리는 사나이로 하여금 공포에 휩싸였다.

정말로, 혼란인지 아무도 모른다. 한 명 사라졌다 해도 이 땅, 달라지는 것이 없으니 나조차도 설령 하늘이나 땅으로 꺼진대도 관심이 없으리라. 그렇게 신문의 구석탱이에 끼적여진 의문의 살해 사건은 기억 속에 잊혀진다. 가여운 놈, 불쌍한 놈. 연민을 느껴도 금세 뒤돌아서는 사람들의 추악함이란 말로 설명할 수가 없다. 그렇다. 나도 그랬으니까. 나도 아무런 관심이 없었으니까. 그렇기에 더욱더 죄책감에 시달렸을지도 모른다.

네온사인 꺼진 새벽에 홀로 앉았다. 적막함에 빛나는 건 눈부신 모니터뿐. 잔에 뜨거운 커피를 따른다. 창문을 내다본다. 아무도 없다. 아무도 안 보인다. 검다. 그저 점멸하는 주홍 신호등에 아주, 가끔 그럭저럭한 차량이 지나간다. 창턱에 접혀 있는 신문지에 시선을 돌린다. 어제 일어난 의문의 살인 사건이 눈에 들어온다. 다시 창문 밖을 본다. 하얗게 그은 사람의 모양을 띤 현장보존선이 희미하게 보인다. 누구의 얼굴인지 모른다. 다만, 죽었다는 의미로 새삼 다가올 뿐이다. 나랑 상관없으니까, 그렇다.

안경을 손가락으로 올렸다. 바짓단으로 차가운 기운이 스며든다. 두 겹으로 신은 양말이 새삼 떠올랐다. 담요를 어깨에 걸친다. 동료의 자리가 은근히 어둡다. 서둘러 의자를 당겨 키보드를 두드렸다. 타자 소리가 유난히 크다. 혼자 있어, 기분 탓일 터. 작업하는 데에 빠져들어 시각은 한 바퀴를 달린 지 오래되었다. 이만큼이면 됐나, 일어선다. 나갈 채비를 한다. 문을 잠근 뒤, 손잡이를 돌려 단단히 확인한다. 엘리베이터를 기다린다. 띵동, 하는 소리에 살짝 고개를 들어 층계를 확인한다. 6층에 누가 탄다. 5층 문이 열린다. 여자가 있다. 여자는 놀란다. 5층 남자는 아무렇지 않게 탄다. 여자는 생각한다.

위험한 사람은 아니겠지? 그냥 회사 직원이잖아. 안면이 조금 낯익어, 식당에서 본 것 같은데……. 그래, 윤씨랑 말을 터놓던 사이 같았어. 어쩐지……. 다행이다.

여자는 안심한다. 남자는 고개를 들어 층계만 바라볼 뿐, 여자에게 관심이 없다. 지하에 문이 열린다. 둘 다 내린다. 차가 두 대. 각자 차에 시동을 건다. 남자 먼저 주차장을 빠져나간다. 입구에서 약한 사이렌이 울린다. 아무도 없을 텐데. 그럴 텐데. 의미 없는 사이렌은 그후로 한번 더 울린다. 남자는 우회전으로 핸들을 꺾는다. 가로등이 아스팔트를 비춘다. 별생각 없이 엑셀을 밟는다. 엔진도 조용하고, 암울하다. 현장보존선이 보인다. ……. 그윽이 본다. 적색 코트를. 사나이를. 깊게 내려앉은 눈동자를. 붉은 눈동자를. 남자는 무심하게 지나친다. 백미러로 주머니에 손을 꽂은 채 고개를 숙인, 사나이를 흘긴다. 이내 갈 길을 간다.

여자는 남자보다 뒤늦게 차를 몰고 빠져나온다. 우연찮게 남자와 같은 길이다. 그러나 할 일이 있어 차 안에서 몇 분쯤을 허비하고 가로등을 볼 수 있게 된다. 여자는 보이지 않는 암흑에 두려움이 올라오려 한다. 꿋꿋이 핸들을 꽉 잡는다. 가드레일, 가드레일이 휘어져 있다. 저번에 누군가, 누군지는 자세히, 아니 전혀 모르겠지만 들이박은 게 확실한 자국이다. 여자는 그런 짧은 기억을 해냈다.

두려움이 덮쳐온다. 현장보존선이 가까워진다. 붉은 것이 보인다. 여자는 입을 다물지 못한다. 힘이 빠진다. 밟고 있던 엑셀이 풀린다. 여자는 두려워졌다. 저것이 정말로 살인자라는 것이, 붉게 쏘아대는 눈동자가 자신을 집어삼킬 듯한 것이 경악스러워 굳고 말았다. 그것만이 아니다. 거기까지는 좋다. 걷는다. 걸어온다. 사나이가. 곁으로. 운전석 앞에 선다. 손잡이를 잡아당긴다. 잠겨 있다. 똑똑, 창문에 노크질을 한다. 여자는 현기증이 난다. 핸들에 머리를 박았다. 클랙슨 소리가 새벽을 깨운다. 살인자는 말이 없다. 기척이 느껴지지 않는다. 여자는 창문 쪽을 쳐다보았다. 그리고 벙어리가 되고 기절한다. 창문이 살인자의 주먹과 맞닿아서. 와장창, 하며 파편이 여자에게도 튄다. 살인자는 안쪽으로 문을 열어 여자의 목덜미를 잡아챈다. 유리 파편에 피가 흐르는 것 같으나 죽을 만큼은 아니다. 그대로 여자를 끄집어낸다. 의식 없는 동물을 살인자는 도로변에 눕힌다.

살인자가 차에 탄다. 살인자는 기절한 여자를 내버려두고 엑셀을 힘껏 밟았다. 아스팔트에 듣기 싫은 파열음이 긁히며 차가 튀어 나갔다. 남자는 그것도 모른 채 유유히 운전을 한다.

여자의 차는 남자의 차를 금방 포착했다. 위에서 으르렁대는 괴성을 남자는 못 들었을 리 없다. 남자는 무심하게 속도를 높인다. 그러나 여자의 차는 이미 남자의 차 뒤범퍼에 닿았다. 짧은 굉음이 터진다. 남자는 핸들에 이마를 박았다. 피가 흐른다. 죽었을까. 살인자는 가만히 있다 붉은 눈을 치뜨며 차 문을 박찼다. 저벅저벅, 남자의 차를 향해 구두가 움직인다. 살인자는 잠긴 남자의 차 문을 확인한다. 안주머니에서 빛나는 물체를 드러낸다. 창에 무기를 내려친다. 부서지지 않고 자잘한 금이 날 뿐이다. 살인자는 다시 한번 내려친다. 짜악―. 갈라지는 소리가 들림에 살인자는 갈라진 곳을 공략한다. 짜아악……. 와장창창. 바스러진 조각이 남자의 목덜미 안으로 스며든다. 피가 흘러도 상관없다. 그저 사소한 상처에 불과하다. 차 문이 열어지고 살인자는 여자한테 한 것처럼 남자를 밖으로 던져버렸다. 걸레처럼 무정하게 버려진다. 희미하게 신음하는 떨림에 살인자는 달밤에 발하지 못하는 구두로 남자를 짓이긴다. 얼굴엔 피며, 침이며 흘러내린다. 더욱이 악질토록 뭉갠다. 딱딱한 바닥에 진물이 젖는다. 남자는 왜 그러는지 아무런 말도 하지 않았고, 못했다. 살려주세요. 제발, 돈이라면 모두……, 라는 틀에 박힌 구걸이라도 할 터인데. 남자는 그러지 않았다.

얼굴에 더러운 고통이 또아렸다. 무슨 일이 벌어진지― 벌어지고 있는지 모르겠다. 입술에 체온이 느껴진다. 누군가, 인간의 온도를 가진 손가락이. 입안을 파고든다. 바다 냄새가 난다. 소금기가 밴 짠 맛. 손가락이 나온다. 그래도 입이 저절로 다물어지지 않는다. 무언가 들어왔다. 혀를 놀렸다. 쓰다. 매우 떨떠름하고 써서……, 한약 같다. …… 알약? 차가운 액체가 입 안으로 들어온다. 한 모금을 삼키자 끊겼다. ……. 조용하다. 아득하고, …….

사랑 이야기

서울. 이제 서울은 대한민국의 수도가 아니다. 침략자의 근거지다. 과거에 수모를 당하고도 역사의 반복을 맞는다. 그렇다. 서울을 비롯한 대한민국의 영토는 일본의 속국이 된 지 오래다. 이런 시대를 교과서엔 제한형일시대弟韓兄日時代라고 편찬했다. 아우인 한국과 형인 일본의 시대. 지금 우리는 이런 현실에 처하게 되었는데도 가만히 지낸다. 희생하는 사람이 물론 있다. 근데 적다. 대개 죽음이 두려워 빌빌 기며 일본의 발가락이나 쪽쪽 빠는 형편이니 할 말이 더 있겠는가? 웃기는 상황이로다. 나라가 망했는데 국민으로서 일어날 생각을 않다니. 이 무슨 매국노인가! 다 살고 싶은 마음은 당연코 간절할 터이다. 그러나 나라 잃은 백성이 살아서 무얼 하리.

쓰레기 민족 같으니라고! 시내 한복판에서 파렴치한 욕설이 나와도 무력한 한국인 종자는 별수가 없었다. 얻어맞고 병원에 지내도 그게 다행이라고, 한다. 이봐, 쓰레기는 차봤자 귀한 신발에 똥만 묻는다고. 어서 가자고. 일본인 무리는 그렇게 한국인을 깔보고 침을 뱉는다. 그중 단언하건대 한국인이 있으리라. 살아남기 위해서 그들의 비위를 맞추고 살아가는 놈이. 어쩌면 그런 놈들이 일본인보다 더 나쁜 것일지도 모른다.

가족을 위해 일본인 밑에서 아부를 떠는 한 청년이 있었으니, 성이 최요 이름이 인국이다. 최인국은 아이디어를 제공하는 일을 하는데, 정부가 제정하기를, 한국인의 기업을 모조리 철폐하고 자금까지 빼앗으니, 최인국은 하릴없이 일본 회사에 아이디어를 팔아먹고 사는 매국노의 지경이 이르렀다. 그러나 일본 회사에 아이디어를 넘기고 싶었을까. 아니다. 어쩔 수 없는 것이다. 어쩔 수 없기에 최인국 씨는 더욱 고개를 떨구었다.

최인국 씨는 애인이랄 것도 없어, 허구한 날 부모에게 핍박을 받기 일쑤였다. 그런 최인국 씨한테도 마음에 두고 있는 여인이 한 명 있었다. 자신이 방문하는 일본 회사 사장의 저택에서 가정부로 일하는 한 색시인 것이다. 최인국 씨가 생각하기에 그녀는 색시로 보였다. 정말로 그녀가 숫처녀인지는 아무도 모른다. 그러나 최인국 씨는 그녀가 숫처녀라는 희망을 품는다. 최인국 씨는 그녀를 처음 보고 반했다. 더하면 더했지 반하지 않을 남자가 거의 없을 정도로 그녀는 뛰어난 미모를 지녔다. 하지만 그녀는 가정부인 동시에 노예이기도 했다.

노예제도. 머나먼 일이라 생각하는가? 노예제는 제한형일시대에 다시 부상해, 많은 한국 저소득층이 일본인의 노예로 전락해 버렸다. 그중 못생긴 유전자는 원양어선 루트로 빠지고 그랬지. 안타깝지만 외모지상주의가 낳은 결과니까 슬퍼하지 말기 바란다. 우수한 유전자만 살아남는다는 건 좋은 거잖아? 안 그래? 앙? 각설하고, 가정부인 그녀는 반 노예계약 상태로 10년간 가정부로서 종사하며 계약 파기 시 5억 원의 파기금을 물어야 한다는 계약 조항에 발이 묶인 처지다.

최인국 씨는 그녀가 노예라는 것을 지레짐작으로 알아챘다. 아니면 이런 곳에 들러붙을 이유가……, 아니다. 오히려 월급을 두둑이 쳐주는 이곳이 나쁘지는 않을 것이다. 그녀도 그런 인심 좋은 연봉에 감사한다. 노예계약을 하긴 했지만, 딱히 나가고 싶은 마음이 지금의 그녀로서는 아직 없다. 하지만 최인국 씨는 그녀가 노예계약에 옴짝달싹 못하는 것이리라 의심치 않았다. 최인국 씨는 그녀를 탈출시키고 같이 살 것이라는 야망을 품고 있었다. 하지만 패기가 없어 번번이 가슴 속에서 좌절하고 만다.

최인국 씨는 호화로운 저택에 늠름한 사장이 그녀와 단둘이 있는 것이 가장 불안했다. 사장이 무슨 짓을 할지 모르기 때문이다. 그래서 최인국 씨는 저택에 방문할 때마다 반은 기쁨을, 반은 분노를 안고 돌아갔다. 그런데 기억상으로 사장은 최인국 씨 앞에서 그녀를 털끝도 손 댄 적이 없다. 노예는 저항할 권리가 없다. 그래서 최인국 씨는 사장이 좋은 사람이라는 결론에 도달했다. 하나 사장이 좋던 나쁘던 최인국 씨는 일을 저지를 생각이었다.

오늘은 최인국 씨가 저택에 아이디어를 제공하러 가는 날이다. 최인국 씨는 정장 주머니에 반듯이 접은 종잇장을 재차 확인하며 흥분과 긴장의 도가니에 휩싸였다. 여름도 여름이지만, 최인국 씨는 손에서 삐질삐질 나오는 땀을 바지에 자주 닦으며 차를 몰았다. 에어컨을 틀어도 땀이 그칠 줄 몰랐다.

저택은 울타리로 보호받고 있었고, 커다란 대문과 경비원도 한 명 지키고 있었다. 최인국 씨는 경비원에게 목례를 하고 정원으로 들어갔다. 저택까지 가는 데 약 오 분이 걸리는데 그 이유가 무어냐면 넓고도 넓은 정원이 우거져 있단 말씀. 최인국 씨는 익숙한 정원의 길을 따라, 중앙의 분수를 지나 저택의 초인종을 예의 바르게 꾸욱 눌렀다. 초인종에는 카메라가 설치돼 있다. 가정부인 그녀는 최인국 씨를 보고 의심의 여지 없이 문을 열어 주었다. 최인국 씨는 자동으로 열리는 자동문을 지나 현관문을 열었다. 거기엔 그녀가 기다리고 있었다. 그녀는 항상 웃음을 지으며 최인국 씨에게 인사를 건넨다. 최인국 씨도 인사를 했건만 그만. 안, 안녕하세요! 말을 더듬고 말았다. 아차, 최인국 씨는 대단한 실수를 범했다는 생각이 떠나질 않았다. 어찌 됐든 최인국 씨는 그녀의 뒤를 밟아 사장을 뵈었다.

최인국 씨는 사장 옆에 그녀가 대기하는 것이 새삼 긴장이 되었다. 사장의 명을 받들기 위해 서 있는 것뿐인데 오늘만큼은 자꾸만 그녀가 모은 손길로 시선이 따라갔다. 얼굴은 사장에게. 시선은 그녀의 손길로…….

이러쿵저러쿵하여 아이디어 판매는 끝났다. 그녀와 방을 나온 최인국 씨는 방에서 일어난 일들에 대한 기억을 전혀 떠올리지 못했다. 하얘진 것이다. 머리가. 인간의 본연적인 습득 방식에 근거하여 그나마 걷기라는 걸 행동에 옮길 수 있었던 최인국 씨이다. 현관문에 섰다. 그녀는 신발장 뒤에서 최인국 씨를 내려다보았다. 신발을 신느라 엉덩이의 윤곽이 확연히 드러나는 최인국 씨였다. 실룩실룩이는 웃음을 그녀는 상냥한 미소로 바꾸었다. 최인국 씨는 똑바로 신발장에 서서 그녀를 보았다. 초롱하게 빛나는 그녀의 눈망울에 괜스레 얼굴에 피가 몰린다. 최인국 씨는 허둥지둥 종잇장을 꺼냈다. 공손히 종잇장을 내밀었다. 무려 두 손으로. 두 손! 이봐, 이봐. 왜 하필이면 그런 로맨틱할 상황에 응? 하는 표정을 짓는 행동 따위를 의도하는 거야! 그녀가 뭐라고 하겠어. 뭐야 이 수줍음 가득한 총각은? 이라며 조소를 머금겠지. …… 최인국 씨는 초긴장 상태에 놓일 때부터 탈락이었다. 에잇, 꿈도 희망도 없어.

하지만 그녀가 그런 소심남을 취향으로 두고 있을지 아무도 모른다. 그녀가 종잇장을 잡자 최인국 씨는 쏜살같이 뛰쳐나갔다. 그녀는 현관문을 건너, 급하게 들리는 구두 소리를 멍하니 듣고 있다 소리가 끊길 즈음에 종잇장을 펼쳐보았다. 대략 내용이라 함은, 당신이 마음에 듭니다. 어디 어디로 몇 시까지 나와주세요. 전화번호가 적혀 있고– 최인국 씨의 이름이 하단에 덤으로 놓여 있다. 그녀는 가정부복 주머니에 종잇장을 집어 넣었다. 마음에 있는 걸까. 아무도 모른다. 그녀만이 알 노릇이니라.

 그녀는 사장에게 허락을 맡고 종잇장에 적힌 가게를 찾아갔다. 아마 여기…… 그녀가 본 건 고풍스러운 카페였다. 어둑어둑한 분위기에, 아롱다롱한 불등이 카페의 느낌을 자아냈다. 그녀는 카페의 분위기를 썩 마음에 두었다. 혼자 앉은 남자를 찾아보니 대번 최인국 씨를 찾을 수 있었다. 테이블엔 최인국 씨가 혼자 먹은 것이라고 가늠할 수 없는 커피잔이 쌓여 있었다. 그녀는 뭐 저런 괴물이……라고 속으로 최인국 씨를 험담하면서 겉으론 다시 인사하며 숙녀적인 면모를 차렸다. 최인국 씨도 일어서서 그녀에게 허리를 숙였다. 그녀는 긴 말 하기가 귀찮았다. 최인국 씨의 자존심을 건드리지 않되, 단도직입적으로 말했다.

 최인국 씨의 목이 꺾이고, 심장에 피가 비틀어졌다. 절망의 구렁텅이로 빠지고 만다. 최인국 씨는 그녀가 자리를 뜨고서도 한동안 고개를 푹 숙이고 그대로 앉아 있었다. 하긴, 내 썩어빠진 스펙으로는 알도 못 낳고 임종하는 게 당연한 거야……. 최인국 씨는 자신의 신세를 한탄했다. 운명이 이따위라고, 그렇다고. 그래서 이런 구질구질한 놈으로 살 바에 한강에 투신해서 일찍이 저세상 사람이 되는 게 낫겠노라고 생각하고, 결심했다. 하찮은 결의다. 곧 사그라 문드러질 결의를 지켜보아야 한다니. 내려받은 임무니 때려칠래야 때려치울 수가 없다.

 다만, 그녀가 최인국 씨에게 고개를 모로 흔든 이유를 짚어보자. 최인국 씨가 후진 스펙의 하등 남자임에는 명백하다. 하지만 그녀는 그런 단점을 제쳐두고 남자와 사랑할 수 있었다. 그런데? 그런데 그녀에게는 약혼자가 있었다. 노예제도에 꽁꽁 묶인 그녀가 무슨 약혼이냐고? 뭐긴 뭐야. 노예제도에 따른 반강제 약혼이지. 바로 사장의 아들과 약혼을 했다지. 사장, 네가 생각하는 그 사장 맞아. 최인국 씨가 아이디어를 팔러 다니는 일본 회사의 사장. 너무 드라마에서나 나올 법한 식상한 전개 방식인가? 근데 현실인 걸 어쩌나. 순응해야 살아남지.

웃긴 점이 있다면 그녀는 사장의 아들을 달갑게 생각지 않아 해. 결혼도 좀 불만이고, 가족이나 후손의 안녕을 염원키 위해 잠자코 개 같은 상황에 순응하는 거지. 결코 좋아하지 않아. 요컨대 사장의 아들은 일본인이야. 그녀는 한국인이고. 감정 험악한 두 국민이 서로 좋아라 부둥켜 얼싸안고 사이좋게 지내겠어? 아니란 거야. 이거 뭐 서로 시비 걸지 못해 안달인데 이산가족 상봉도 아니고 뭐? 지나가던 개미가 텀블링하다 번개에 맞아죽게 생겼네. 그래서 실상 그녀는 현실이라는 아주 높은 난관에 맞부닥친 거야. 적자생존법칙에 의거하여 그녀는 살아남길 바랬어.

결국 뭐다? 세종대왕이다. 아니지, 아니지. 요샌 신사임당이 엄지잖아.

새벽, 가로등이 옹하게 부시는 한강대교에 최인국 씨가 서 있다. 최인국 씨는 휴대전화조차 두고 한강대교에 왔다. 블랙홀같이 깊은 한강 물을 굽어다본다. 과연 뛰어내릴 용기가 있기는 한 걸까. 예측하건대 최인국 씨는 한강대교의 보호대에 발을 올리자마자 바지가 노란 노폐물도 흥건해질 터이다. 아무도 없고, 어두운 밤인지라 얼른 집에 가서 갈아입으면 그걸로 족할 놈이여. 이런 자식이 뛰어내리긴 개뿔……

최인국 씨는 실성한 것마냥 처웃어대기 시작했다. 으하하하하! 이내 웃음은 통곡하는 음의 모음으로 변질돼 버렸다. 으허허허허……

"뛰어내리려면 빨랑 뛰어내려."

　북돋아 주긴커녕 도리어 뛰어내리라는 이 사회의 도덕적 규범에 위배되는 발언을 하는 자는 누구인가! 누구긴 누구야 인간이지. 근데 노숙자도, 노예도, 저소득층 같지도 않은 것이, 반대로 각진 정장에다 다이아몬드 반지를 끼고 있다. 꽤 고운 머릿결이 등까지 빗어져 있다. 후대 친일의 앞잡이라고 조장한 남정네의 부인인가. 최인국 씨는 그렇게 생각했다. 한국인의 고통을 지켜보는 게 일본놈들의 유희겠지. 아……. 이 여편네도 그런 부류일 것이다.

　"그렇다" 최인국 씨는 이왕 죽을 거 여인에게 소극적인 저항을 했다. 반말. 반말 그까짓 게 뭐 대수라고 저항이냐. 원래 이런 세상이야. 최인국 씨는 여인의 입에서 이런 말이 나오기를 예상하고, 손톱 때만큼 기대했다. 뜻밖에도 예상은 빗나가고 말았다. 너 투표는 했냐? 뭐라고? 최인국 씨는 잘못 들었나 싶었다.

　"너 투표는 했냐고."
　"그런 걸 말라……."

　최인국 씨가 채 말을 맺기도 전에 냅다 뒤통수를 후려갈겨졌다. 당연히 여인이 후려갈겼다. 최인국 씨는 뒤통수를 쥐어 싸며 욕지기를 뱉었다. 얼마나 세게 갈겼냐면 두개골이 찌그러질 정도로? 미안, 과장 시켰다. 하지만 최인국 씨가 극도로 아파했다는 건 부인할 수 없는 사실이다. 첫째는 고통, 둘째는 의문. 이 여자가 왜 내 뒤통수를 쳤을까. 한국인을 무시하는 것인가? 일본 측에 선 여자라면 그럴 법하다. 최인국 씨는 고통을 완화시키는 것이 급급해 뇌 회전이 둔감해졌다. 잘 들어 자식아. 최인국 씨는 말하는 여인이 두 명으로 보였다.

"투표도 안한 주제에 세상에 불평한다면 적반하장이야. 한 명의 국민으로서 자신의 국가에 무관심하다는 건, 누가 말아먹든 내 알 바 아니라는 무언의 위선이다. 고로 너는 자살할 권리조차 박탈당했어."

여인의 충고가 최인국 씨의 뇌리에 깊숙히 꽂혔다. 그리고 여인은 유유히 떠나버렸다. 그날 이후로 최인국 씨는 투표날이 찾아오면 모든 약속을 취소하더라도 투표를 하러 갔다. 근데 한 가지 부작용이 생겼는데 상사병에 걸리고 만 것이다. 최인국 씨는 그 여인의 얼굴과 목소리가 잊히지 않았다. 때로 가슴이 터질 것만 같아서 진정제를 먹기도 한다. 최인국 씨는 너무 순수했다. 버티다 못 한 최인국 씨는 한강대교를 그때 그 시각인 새벽에 만나러 갔다. 행운이 최인국 씨의 편을 들어주었을까, 여인이 보였다. 여인은 그때와 같은 차림새였다. 최인국 씨는 옛날과 다르게 머뭇거리지 않고 고백을 했다. 강한 남자로 성장한 셈이다. 당신을 좋아합니다. 사귀어 주세요! 가로등은 최인국 씨를 찬란히 비춰주었고―, 흘러가는 한강 속에 어류들이 찬사를 보내는 것만 같았다. 어디까지나 최인국 씨의 망상이다.

여인은 웃음을 지었다. 보호대에 팔을 걸치더니 눈동자 같은 빛의 한강을 내려다보았다. 여인은 고개를 최인국에게 돌렸다. 너…….

"너…… 내가 귀신인지 모르는구나?"

최인국 씨는 대대로 기가 약했다. ……말을 듣고 차가운 바닥에 쓰러지고 만다.

노인은 안락사시킨다

대한민국 국적을 가진 만 68세 이상의 노인은 안락사시킨다. 이를 어길 시 노인을 교수형에 처하며 사체를 자식이 먹도록 한다.

이게 뭐고 하니, 제한형일시대弟韓兄日時代의 정부가 꾸며놓은 헌법이다. 이 법 말고도 관련 조항이 무수히 기록돼 있는데, 특별히 위 법 조항은 이 사회 발전에 걸림돌이 되는 노인층에 대한 것이다. 젊음도 열정도 져 버린 계층이 할 일이라고는 파리 날리는 바둑과 장기판을 두는 것밖에 없다. 돈이 있어야 여가를 즐기든가 하지. 자식이라는 놈은 손주를 떠받치기 바빠 제 낳아준 부모를 등지고 만다. 이따금 보이싱 사기에 딱 걸려 푼돈을 탈탈 털리는가 하면, 소매치기에 지갑을 빼앗기고 만다. 당최 노인들이란 단물을 쪽쪽 빨고 뱉은 쓰레기더미 같다. 재활용이 불가능한 일회용 나무젓가락처럼 땅속에 매장될지어다.

그런데 그들은 더운 햇발 아래, 막노동을 하고 고된 욕을 살살 먹어가며 자식을 키웠다. 자식 웃는 얼굴 보는 것으로 삶의 활력을 불어넣었고, 자신의 폐가 곯아곯아 썩어서 침에 피가 섞일 때까지도 생명을 담보로 종이 쪼가리와 거래를 성사시켰다. 입을 걸어 잠그고 흑막의 시대에 보이지도 않는 한 줄기 빛을 열심히 파내었다. 등이 찜찜하게 젖어 노랗게 물든 옷이 한두 벌이 아니다. 땀이라는 것이 무색해질 정도로, 그들은 삭막한 시기를 꿋꿋이 버텨 냈다. 마침내 찬란한 결과를 이룩해내었고, 그들을 현재의 원천이라 불러도 손색이 없다.

그런 든든한 원천은 세월이 무상하게 만들어 버렸다. 주름이 늘어지고, 눈 이 멀고 생생하던 달팽이관도 눌러앉아 버렸다. 요컨대 성한 구석이라곤 코 빼기도 찾을 수 없다. 반 세기나 달려와 굳어버린 고정관념은 쉽사리 무너질 줄 모른다. 갖가지 질병에 걸리는 일도 허다하다. 녹슨 뼈마디는 심심찮게 저 리고 부어오른다. 아들에게 말하면 아들은 기피하리라. 혈연관계로 이어져 있어서 꽁무니를 뺄 수 없는 것이 한스러울 터. 노인은 왜인지 미안해진다. 왜 미안해질까. 기저귀 갈아주고, 먹여주고, 달래주고…… 뒷바라지해 준 게 누군데. 미안해야 할 필요도 없는데 굳이 그런다.

헌법을 보자. 대한민국 국적을 가진 노인만이 법적 대상이다. 해외국적을 가지면 법의 대상에서 제외된다는 소리이고, 죽지 않아도 된다는 뒷이야기 로 이어진다. 이 헌법을 계기로 해외국적을 취득하려고 많은 사람들이 썰물 같이 빠져나갔다. 그런데 저소득층에겐 기회가 없다. 걍 뒈지라는 말이다. 혜 택을 얻는 건 항시 위층이다. 하늘에 붕붕카 타고 다니는 계층. 그래서 아랫 도리에 무슨 사건이 터지는 줄 몰라 아— 세상은 평화롭구나, 감탄할 우물 안 개구리. 결과는 참담했다. 통계상 외국인 거주자로 등록된 사람들이 거지반 을 넘겼다. 물론 모두 만 68세 이상의 노인들이 대를 이루었다. 이로써 제한 형일시대 정부가 반가운 선언을 했다.

"국민 여러분. 대한민국이 단군 이래로 맞이한 초고령화사회를 극복하고, 노인 없는 밝은 사회의 문을 열었습니다!"

TV 속, 음흉한 미소의 간신들이 박수갈채를 보낸다. 누군가 샴페인을 터트리고, 세금으로 요리한 고급요리들이 장대같이 긴 테이블이 휘어지게 놓여 있었다. 따지고 보면 초고령화사회를 벗어난 건 사실이다. 사실일 뿐이다. 형식상 사실이다!

제한형일시대에 태어난 한국인은 막대한 대학 비용과 부모의 해외국적 취득이란 과제를 안고 살아가야만 한다. 그래서 부모를 숨기거나, 살해하는 등의 불가피한 사건이 홍수처럼 불거졌다. 위 헌법을 어길 시 노인은 교수형에 처하며 사체를 자식이 먹도록 한다고 명기돼 있다. 참 아이러니한 짓이 아닐 수 없다. 부모를 자식이 먹다니? 바퀴벌레도 양식이 되는 짱깨의 나라, 중국에선 아― 고를 수 있겠구나 생각할 수 있겠다. 그런데 여긴 중국이 아니다. 그런데! 악법도 법이라는 소크라테스의 거짓 명언에 따라 국민은 고개를 끄덕이지 않을 수가 없다. 왜냐? 목에 칼이 들어오면 다 그렇다.

경찰과 군인이 일본의 충견이 되었기 때문이다.

제한형일시대 선포 당일을 구경하자면……, 겸손히 성대한 유혈사태라 지칭하겠다. 한국인으로 구성된 제한형일시대에 대한 시위대는 순식간에 막대한 인구로 불어났다. 충견은 주인님을 방해하는 무리를 가만히 둘 리 없다. 물대포는 기본이요 경찰봉과 방패로 무력투쟁을 벌였다. 강력한 진압 강도에 시위는 급기야 화염병을 투척하고 공권력에 격렬하게 맞서 싸웠다. 피해가 만만치 않게 번지자 정부측은 시위대 살육령을 내렸다. 남녀노소를 불문하고 무참히 죽이기 시작하니 시위대가 점차 해산되었다.

부모를 살해하는 사건은 해외국적을 취득할 여력이 못 돼, 부모를 죽이는 범행이다. 이게 무슨 뜬금없는 범죄 부류냐고 되묻는다면 좀더 생각해 보길

바란다. 노인을 안락사시킨다 하더라도 해외국적 취득이 된다면 영향이 미치지 않는다는 틈이 있다. 반강제적으로 자식은 부모에 대한 해외국적 취득에 대한 비용을 대주어야 한다. 근데 돈이 없으면? 노인은 이 땅에 고이 묻힐 것이다. 자식은 책임져야 한다는 부담감에 미쳐버려 은인을 찌를 생각을 한다. 정부는, 노인을 죽여도 아무런 배상금 청구를 하지 않아도 된다고 발표했는데, 이것이 발단이 되었나 보다. 자식이 부모를 찌르는 죄악이 동시다발적으로 신문기사에 올라가고 만다. 그들이 원하는 게 바로 이 작전이었다.

과출산

8. 만 23세가 되면 강제결혼이행의 의무를 가진다.

9. 만 28세 이전까지 출산불응 또는 불가 시, 입양하며 양자식을 양육한다. 거부권 행사를 할 경우 교수형에 처한다.

6. 장애나 유산을 제외한 어떠한 경우라도 낙태를 금하며 이를 어길 시 1억 원의 벌금을 물게 된다.

이게 제한형일시대弟韓兄日時代 4년에 생긴 법이여. 사랑 이야기 비극의 주인공인 최인국 씨는 한편으로 씁쓸한 제도 덕에 결혼을 하게 됐어. 사랑 이야기를 읽지 않은 사람도 있을 테니까 간추려 이야기하자면, 소심했던 최인국 씨는 연애를 못 하게 돼. 일본 회사 사장의 저택에 일하는 가정부에게 차이고, 한강대교에서 만난 여인은 알고 보니 귀신이었드래. 부모는 아들이 결혼하게 돼 한시름 놓았다 싶었지.

강제결혼이행의 의무 덕에 최인국 씨가 결혼하게 된 건 경사야. 다만 부인 선택의 자유가 없었어. 즉슨 열등한 유전자든 우수한 유전자든 토 달지 말아야 했지. 최인국 씨는 어떤 DNA와 몸을 섞게 될지 궁금하지? 그렇다고 말해 줘. 아님 말고……. 전자일까 후자일까 하니! 후자로다! 후자는 맞아. 근데 부인은 소위 말하는 성형의사, 의느님의 힘을 빌렸어. 자연미인이 아니고 돈을 때려 박은 몸뚱아리만 예술인 외화내빈이라지!

최인국 씨는 아무것도 몰랐어. 좋다고 허허실실 웃기만 했어. 부인의 과거가 탄로나더라도 최인국 씨는 대수롭지 않게 여길 거야. 현재가 중요하다며, 과거에 얽매이는 건 노인이나 하는 좋지 않은 버릇이라며 멋진 남자인 척하것지.

만 28세 이전까지 출산해야 하는 법률에 최인국 씨와 부인은 하룻밤을 보냈어. 부인의 의사가 어느 쪽에 달려 있는지 모르겠지만 어쩌겠어. 교수형에 처한다고 하니 아기를 밸 수밖에. 최인국 씨는 그날 뭐라 해야 할까. 황홀 그 자체를 만끽했다 보면 되겠구나. 화사한 꽃들이 들판 전체를 뒤덮고, 살랑이는 봄바람이 부는 광경? 그쯤 되것다. 부인은 약간 만족하지 못했어. 최인국 씨가 절정에 깃발을 세우자 고개를 싹 돌려 버리는 거 있지. 피곤한 걸 이해 못 하는 건 아닌데, 부인의 마음을 헤아려주지 않았어. 부인은 최인국 씨와 한이불을 덮을 때마다 욕구 불충족이었지. 최인국 씨가 페이스 조절도 않고 단거리 달리기를 해 버렸거든. 에너지를 빨리 소진하고 방출하는 남성의 슬픔! 그것이란 거야. 음, 직접 말하긴 뭐하다. 화제를 돌려야겠어.

부인은 좌우간 아기를 배어서 집에 꽁꽁 박혀 있었어. 최인국 씨는 아이디어를 짜느라 머리카락이 펑펑 빠지고 있는데, 부인은 냄새나는 집에서 TV만 보고 있자니 무료함을 견딜 장난감이 절실했어. 근데 도통 뭘 해도 손에 잡히는 게 없었다? 그런 노곤한 생활에 뱃속의 생명은 엄마를 따라 무료함에 지쳐가기 시작했어. 부인은 낙태를 하고 싶었어. 디따 무거운 배가 거치적거리기만 하고 자신에게 불편함만 안겨줘서 그러고 싶었지. 그러나……

장애나 유산을 제외한 어떠한 경우라도 낙태를 금하며 이를 어길 시 1억 원의 벌금을 물게 된다는 거지 같은 법률 때문에 육두문자를 랩으로 구사하며 열 장의 달력을 겨우 찢게 됐어. 1억 원의 큰 돈은 아닌데 최인국 씨 측은 처음부터 금고에 숨겨둔 게 없었고, 부인 측은 성형비용에 돈을 때려 박은 턱에 그럴 여비가 모자랐어.

뚝딱 하고 아기를 낳은 부인은 그때부터 시내를 싸돌아다니고 1년간 묵은 스트레스를 마음껏 방출했어. 막돼먹은 누구씨처럼 가정을 내버려둔 채 카드까지 직직 긁으며 살림을 황폐화시켰지. 최인국 씨가 부인에게 불만 해보아도 들은 체도 안 했어. 거기다 부인이 밤늦게까지 살금살금 집에 기어오고, 술에 절어 난동 부리는 날도 생겼어. 부인이 알콜중독증세를 보이지 않아 다행이었지만 다른 남자의 냄새가 풍겼어. 최인국 씨는 자신만의 야속한 의구심일 뿐이라 여기고 넘어갔는데, 하루가 다르게 거짓이 확신으로 물들어갔어. 최인국 씨의 어린 마음이 완전히 성장한 건 아니라 부인에게 직접 묻기가 어려웠고, 꺼려했지. 그런 지옥 같은 나날이 생활의 일부로 추락하자, 최인국 씨의 부모가 최인국 씨와 부인을 앉혀놓고 설교를 했어. 대충 이년아 정신 좀 차려라는 핍박이었지. 부인은 임종(안락사)이 얼마 남지 않은 꼬부랑 노인들이라고 무시했어.

하루가 다르게 잔소리가 격해진 걸 참다못한 부인은 좋은 방안이 떠올랐어. 노인을 몰래 숲 속에 버리고 도망치는 거야. 헌법 조항을 또 들먹이자면– 다친 사람이 정상적인 생활 복귀에 무리가 있다고 판단되면 버리거나 살해가 된다고 나와 있어. 보통 사람은 안 그러겠지만, 외딴 시골이나 인정없는 도심에서 부상을 당한다면 아무도 당신 손을 잡아주지 않을 거야. 더구나 노인은 쓰레기니까, 부인을 이점을 이용했지. 남편이 일하러 간 사이 부인은 아기와 부모를 차에 싣고 숲으로 놀러를 갔어. 나중에 화장실을 간다는 변명을 대고 달아났지. 그후로 비쩍 말라 죽었는지 헛디뎌서 두개골이 빠각 박살난 건지는 숲 속을 거니는 새가 기억하겠지.

최인국 씨는 청천벽력이겠지. 출장으로 며칠 후에 집 열쇠를 꽂았는데, 집은 어둡고- 아기도 부모도 없었으니 말이야. 외출했나 싶었지. 기다려 봤는데 아무리 TV를 봐도 복도에 인기척이 없었어. 인기척이 느껴지면 이웃집 사람이 자신의 현관문 여는 소리더라고. 깜빡 잠이 들다 네 시에 헉, 하고 일어났는데 신발장에 제 구두만 쉬고 있었지. 부인에게 전화를 걸었어. 어디냐고. 부인은 쌀쌀맞게 신호를 날렸어. 이제 너와 나는 남이다, 내가 결혼을 파기시켰지롱. 우왁. 부인은 최인국 씨의 동의 없이 날조해서 결혼을 파기시켰어. 금반지를 금은방에 넘겼고- 다른 남자와 사랑에 빠지게 되었지.

최인국 씨는 충격에 마약을 접했어. 마지막 법을 소개할게.

죽고 싶을 땐 마약과 안락사 허용이 된다. (다만, 만 23세 이하 불가.)

마약 허가가 어떻게 국회를 통과한지는 뻔히 알겠지? 제한형일시대의 정부는 이미 대한민국 편이 아니야.

최인국 씨는 마약중독에 허덕이다 꿈을 꿨어. 악몽이었는데 부인의 괘씸한 짓도 유분수인데 자신에게 칼을 들이민 거야. 최인국 씨는 부인에게 감시받고- 위협당하고 있다고 믿게 됐어. 그래서 부인의 외도(외도 : 아내가 다른 남자와 잠.)를 알려 부인의 부모를 교수형에 처할 방법을 떠올렸어. 비록 부인을 물리적 고통의 상해를 입힐 순 없지만- 정신적으로 괴롭혀주리라 다짐한 거지. 마약 빤 놈이 잘도 복수극을 짜다니 놀랍지 않아? 사람이 낭떠러지에 서게 되면 하늘도 난다지.

최인국 씨의 의도처럼 부인의 부모는 목이 댕강 잘렸어. 최인국 씨는 그 추악하면서도 통쾌한 광경을 가슴 속 깊이 간직했지. 아차, 빼먹었네. 정말로 마지막 법을 적어줄게. 아, 여기 있다. 외도를 했을 경우 그 사람의 부모에게 교수형을 내린다. 최인국 씨도 부인도 모두 새로운 법률을 통해 서로를 갉아 먹고 서로를 불살랐어. 마치 봄버맨 게임에서 적 가두고 폭탄을 설치하려다, 자기가 찍은 도끼에 발등 찍히듯 제 폭탄에 갇혀버린 신세지. 그리고 봄버맨 은 명대사를 읊어.

"모든 게 끝이야."

내가 언급한 법 중에 출연치 못한 법을 열거할게.

3. 장애가 있거나 의심이 우려되는 아이는 버릴 수 있다.
4. 상대가 자신에게 해를 끼칠 것이라 생각될 경우, 정당방위로 상대를 죽
   일 수 있다.
10. 아이를 죽인 자는 한 명꼴로 두 명의 아이를 강제로 낳아야 한다.

　3, 10번의 법은 정상적인 육체를 소유한 10대들을 양육할 수 있게끔 구조화된 거야. 이젠 대한민국이 10대들의 터전이 돼 버려. 거리엔 형식상 대한민국 국적을 가진 한국인 10대들이 붐볐고 10대들이 들끓는 대한민국이 사회적 문제로 대두됐어. 순풍순풍 낳은 탓에 보살핌도 정체성도 보호받지 못하고 고아원이나 지하철에서 구걸해서 자란 아이들이 60%를 이루었지. 더 기가 막히는 건 정부가 이 꼴을 나 몰라라 방치해두었단 거지. 노인이 재활용 불가 쓰레기라면 10대들은 재활용 가능 쓰레기였어. 커가는 붉은 꽃이란 말씀. 여기서 확고한 추측이 되는 사람이 몇몇 있을 거야. 이것도 정부의 계략이라고…….

독백

가끔충돌없는세상에살고싶을때가있소.지쳐버려서.그래서.그래서정적의 밤을사랑하게됐소.조용하오.심장맥박구두소리바람만이곁에있소.정말고요 하오.정말로.차분한침묵을깨고싶지않소.즐겁다오.한데훼방꾼이나타난다면 가차없이모습도자취도흔적도소멸시킬것이오.여긴나만의거리라오.아무도 침범할수없소.설령소중한사람일지라도방해하지않길염원하오.

훼방꾼이나타났소.쫓아가얼굴가죽을뜯어내어품속에간직할거요.돈주머 니에얼굴종이를은빛으로할퀴어알아볼수없도록만들거요.일종의복수로소 이다.이런얼굴의증거가확달아오르오.최근에잠잠하던트라우마가떠올랐소. 불길이소인을속박하는트라우마요.어서지워치우고싶소만의지박약이로소 이다.

이대로라면 미래는 없다

인류는 나를 최성람이라 부릅니다. 무슨 뜻인가는 중요하지도 않고 알고 있지도 않습니다. 할머니가 아신다셨는데 묻기에는 다시 볼 수 없는 얼굴이 되었습니다. 때로 무덤에 찾아가서 바람에게 속삭입니다. 나의 이름의 의의는 무엇이냐고. 그럼 바람은 그냥 지나칩니다. 바람이라면 할아버지도 할머니도 엄마도 아빠도 다 알 텐데요. 어째서 암묵하는 것인지 모르겠습니다. 무생물에게는 발언권이 없는 건가요. 입이 없는 사람도 생각은 할 수 있습니다.

나의 근본은 어디에 있습니까? 해뜨는집에서 천수와 놀았습니다. (손가락을 세아리며─) 십 년은 족히 넘었습니다. 문득 저와 천수는─ 아이들의 근본은 어디서 출발하였는지 궁금해졌습니다. 여행을 떠났습니다. 빵을 주머니에 넣고 천수와 낯선 도로를 거닐었습니다. 물었습니다. 나의 근본은 어디에 있습니까? 인류는 묵비권을 행사하였습니다. 몰라. 모른다고! 돼지 장군은 나의 근본을 모른다 내팽개쳤습니다. 소 장군도, 개 장군도, 닭 장군도 나의 근본을 모르기는 마찬가진지 고개를 좌우로 흔드는 시늉을 하였습니다. 인류는 무성한데 나의 근본을 모른다니요. 모순됩니다. 천수와 중심부를 찾아갔습니다. 중심부는 일정한 옷으로 맞추어진 인류가 각자 쏘다니고 있었습니다. 천수가 온지도 모릅니다. 그러던 와중에 한 인류가 미끄러져 엉덩방아를 찧고 맙니다. 그 인류는 저희를 포착했습니다. 그 인류가 저희에게 관심을 가져준 것입니다. 아마 그 인류는 좋은 인류일 겁니다!

"나의 근본은 어디에 있습니까?"

　그 인류도 질문엔 답해 주지 못했습니다. 천수의 손을 잡은 채 인류를 붙잡고 말했습니다. 나의 근본은 어디에 있습니까? 인류는 장군처럼 알지 못하였습니다. 천수의 손을 잡고 횡단보도 앞에서 초록불을 기다렸습니다. 쌩쌩 지나가는 차에게 물었습니다. 나의 근본은 어디에 있습니까? 차들은 이상한 언어를 구사하였습니다. 우리말을 하는 차들은 너무 적었습니다.

　횡단보도를 건너도 갈 데가 마땅치 않았습니다. 누구에게 물어야 정답을 들을 수 있을런지. 오뎅을 파는 인류에게 물어보았으나 오뎅만 얻었습니다. 오뎅을 다 먹고 남은 막대기를 가져갔습니다. 팔 길이만 합니다. 작대기를 검삼아 천수와 길을 걸었습니다. 해가 땅으로 기려고 합니다. 우리는 걸었습니다. 계속 걸었습니다. 끝이 보일 때까지. 끝이 보이지 않습니다. 어둠을 헤치며 길을 뚫었습니다.

　일어나보니 인류가 번잡한 지하에 누워 있었습니다. 지하여도 불 많고 사람이 많습니다. 지하세계에서 살림 차리는 인류가 많습니다. 신문지가 이불이고 박스가 영역입니다. 지하세계의 인류는 답을 알고 있을 것입니다. 언니를 붙잡았습니다. 나의 근본은 어디에 있습니까? 하지만 언니도 모릅니다. 모두 모릅니다. 설마 숨기고 있는 게 아닙니까-? 전 그렇다고 생각했습니다. 몸이 얼음장인 지하인은 답하기 싫어 등을 돌립니다. 지하인의 어깨를 천수와 이쪽으로 돌렸습니다. 모른다고 잡아뗍니다. 아닙니다. 분명 당신은 알고 있습니다. 실랑이 끝에 낭비한 건 하루였습니다. 실토할 마음을 조금이라도 나눠준다면 좋겠는데 말입니다.

지하세계에서 나와 공원에 들렀습니다. 분수가 꿀맛입니다. 비둘기가 푸드드덕 날아다니지 못합니다. 비둘기는 퇴화했습니다. 쉽게 잡을 수 있습니다. 냄비에 팔팔 끓여 먹으면 맛있겠습니다. 해뜨는집에서 해보아야겠습니다. 비둘기에게 양식을 배분하는 인류가 하나 있습니다. 비둘기의 주인입니다. 그러지 않고는 양식을 줄 리 없습니다. 비둘기의 주인은 하얀 머리카락을 머리에 꼈습니다. 태풍이 방문한다면 틀림없이 머리카락이 공중으로 여정을 떠날 것입니다. 할머니도 백발왕관을 끼셨습니다. 알 것입니다. 비둘기의 주인은 답을 알 터입니다!

"나의 근본은 어디에 있습니까?"
"너의 근본?"
"네, 그렇습니다."
"모르는데……."

비둘기의 주인도 답을 모릅니다. 어찌하여 모르는 것입니까? 인류는 나의 두 번째 질문을 휙 무시했습니다. 비둘기의 주인은 두 번째에 답해 주었습니다. 근본의 비밀은 홍와대에 있다. 홍와대는 어디란 말입니까—? 홍와대는 본디 청와대였다. 청와대를 찾아가려무나. 그러하여 천수와 홍와대를 찾아갑니다. 홍와대라 물으니 인류는 표정이 좋지 않습니다. 청와대로 되물으니 웃습니다.

청와대에 왔으나 인류가 길을 가로막았습니다. 들여보내 주지 않습니다. 나는 물었습니다. 나의 근본은 어디에 있습니까? 앙? 죽어서 뒈졌겠지. 아니고서야……. 죽었습니까? 그건 옳지 않습니다. 어디에 있는지 가르쳐주십시오. 몰라 그런 거. 역시 모르는 것이었습니다. 그럼 비켜주십시오. 근본이 어디 있는지 알아야 합니다. 근본을 찾으면 뭐 하려고? 궁금할 뿐입니다. 나참······.

　해가 일고여덟 번 뜨고 진 것 같습니다. 인류에게 가망이 없어 해뜨는집에
돌아와 물었습니다. 나의 근본은 어디에 있습니까? 당황하던 큰 인류는 입을
조용히 열었습니다. 나의 근본도 너의 근본도 모두 우주에서 시작했단다. 그
렇습니까······? 그래.

　우주······. 제 근본은 우주였던 겁니다.

*해뜨는집(The house of the rising sun) : 미국의 민요이다. 화자는 자신의 잘못된 인생에 대
해서 회한을 털어놓고 있다. 대개의 민요가 그렇듯 구전을 통해 전해 내려온 노래라 작
곡자는 알 수 없다. 설에 의하면 이 노래의 화자는 젊은 여성이며, 자신의 어머니를 폭행
한 노름꾼 아버지를 살해하고 감옥에 수감된 뒤 부른 노래이다. – <위키백과 참조>

　환상은 깨지기 마련입니다. 학교에 입학하고 역사를 처음 배웠습니다. 우
리의 근본은 단군이라 합니다. 해뜨는집에 돌아와 다시 물었습니다. 나의 근
본이 단군이라 합니다. 우주라는 건 거짓말이었습니까? 단군도 맞다, 그러나
넓은 범위로 보면 우주다. ······우주가 맞군요.

　오늘은 어떻게 아기를 만들게 되는지 배웠습니다. 그러다 나의 부모가 없
음을 깨달았습니다. 교실에 고아는 저를 포함해 아주 많습니다. 그런 친구들
은 부모가 있는 아이들을 괴롭힙니다. 부모가 있다니. 난 없는데. 열등감이
초래했습니다. 부모 없는 친구들은 위대한 일본인에게 맞고 다닙니다. 역사
에 보면 일본은 아주아주 위대하고 고귀한 나라라고 기록되어 있습니다. 감

히 다가갈 수 없습니다. 하등한 한민족은 움츠려 있어야 됩니다. 저도 그래야 합니다. 저도…….

　수업은 흥미롭습니다. 모르는 것을 알려줘서입니다. 한민족은 일본에 건너가 나쁜 짓을 일삼았다고 전해집니다. 일본인을 부려 먹고 노예로 삼았으며, 대략 천 년 동안 자원을 강탈하며 살아왔다고 합니다. 한민족인 저는 가슴이 아팠습니다. 조상이 나쁜 짓을 했는데 저희는 태평하게 잘 먹고 잘살고 있으니, 속죄를 해야 할 당위성을 느꼈습니다. 하지만 천 년 후 일본에서 영웅이 나타났습니다. 일곱 개의 수정구가 모여서 용가리가 하늘을 덮더니 소원을 들어주고, 시대의 영웅이 등장하며 흑막을 걷히고 사라집니다. 거중한 대도를 드는 장군이 나타나는가 하면 불을 자유자재로 다루는 주술사도 일본 땅에 당도합니다. 그렇게 한민족은 물러나고 일본은 독립적인 국가로 발전하게 됩니다. 기상천외한 일입니다. 일본의 기상은 하늘을 찌를 듯합니다.

　저는 어느덧 한민족을 부정하고 혐오하고 있었습니다. 일본어를 배워 적극적으로 일본사람으로 거듭나길 노력하였습니다. 일본명으로 개명도 하였습니다. 미야자와 슈카(宮澤 朱香)가 제 일본명입니다. 그러더니 신성한 일본인이 저에게 말을 걸어주었습니다. 미천한 저에게 말을 걸어주시니 황송합니다. 그 일본인은 훗날 저의 남자친구가 됩니다. 처음엔 반신반의했지만 히가시 레이(東 伶)는 저와 단둘이 영화를 보러 가고, 레스토랑에서 식사를 했습니다. 저는 정말로 일본인의 여자친구가 된 것입니다. 레이의 여자친구로 당당히 인정받을 수 있도록 분발하였습니다. 한국인의 부러운 눈길을 즐기며 레이의 팔짱을 끼고 교내를 돌아다녔습니다. 레이는 학교에서 알아주는 미남입니다. 어째서 레이가 저를 찍은지 모르겠으나 현재가 중요한 법입니다. 언뜻 들어본 말 같네요.

그렇게 저의 생활은 레이로 가득 찼습니다. 레이만을 생각하고 바라보며…… 어느덧 우리는 깊은 관계로 발전해 과도한 스킨십을 서슴없이 즐겼습니다. 그러다 작은 생명을 뱃속에 품게 되었습니다. 레이는 우리에겐 경제력이 없으니 보육원에 보내자고 제안했습니다. 저는 흔쾌히 허락했고 저의 고장인 해뜨는집에 아기를 데리고 갔습니다. 적어도 이름은 지어달라는 원장님의 부탁에 곰곰이 생각해 보았습니다. 제가 우유부단하게 서 있자 레이, 자신이 명명해 주었습니다.

"이 녀석 이름은 히가시 마모루(東 守)로 짓겠습니다."

레이는 뒤돌아 제게 웃음을 지었습니다.

어느 날 레이는 탈의 전에 저에게 흰 가루를 내밀었습니다. 먹으면 기분이 배가 된다며 나쁜 게 아니라고 권유하였습니다. 레이가 주는 것이라 감히 먹지 않을 수가 없었습니다. 나쁜 게 아니라고 하니 믿고 가루를 삼켰습니다. 여느 때보다 몸은 훨씬 달아올랐습니다. 그만큼 예민해져서 애정행각에 도취되었습니다. 매번 레이는 흰 가루를 건네었고, 저는 가루가 아니면 느끼질 못하는 경지에 오르게 되었습니다. 쾌락이 극에 달하고도 우리는 침대서 내려가지 않고 한담을 나누었습니다. 레이가 뜻밖에 신선한 장난을 고안해내었는데, 불장난입니다. 호락호락한 불장난이 아니고 목숨을 내걸고 해야 하는 사치스러운 놀이였습니다.

요약하자면 한국인만이 거주하는 저소득층 아파트에 불을 지르는 것입니다. 삶의 희망이 결여된 사람을 죽음으로 인도하는 것이 그들로서도 행복할 것이라 레이가 말했습니다. 맞습니다. 저도 고아라서 때로 자살을 기도했지만 레이의 만남 이후론 자살이란 단어는 제 사전에 삭제되었습니다. 저소득층…… 그들의 희망은 꺾여버린 꽃에 지나지 않습니다. 더욱이 한국인이라면요. 한민족의 혐오감이 배제되었다고 반박할 순 없겠군요. ……한민족이 청소되어야 일본인이 전 일본 영토를 되찾을 수 있으니까요. 한반도는 일반도(日半島)였고, 호랑이 형상이 아닌 고양이 형상이었다고 교과서에 기술돼 있습니다. 저 비록 한민족의 피가 흐르나 일본인을 위하여 한민족을 섬멸할 각오는 충분합니다.

우리는 기름 물병이 담긴 가방을 매고 각자 일을 분담했습니다. 저는 아파트의 가장자리를 따라 휘발유를 붓는 것이고, 레이는 계단에 소량의 휘발유를 잽싸게 뿌리고 1층까지 내려오는 것입니다. 새벽에 실행했기에 사람을 찾기 어려웠고 경비는 해고되어 허술한 아파트입니다. 레이는 1층 로비까지 휘발유를 떨어뜨리고 빈 통을 안쪽으로 내던졌습니다. 통통, 하는 요란한 빈 수레의 저항이 잠시 들렸습니다. 레이는 돌돌 만 종이가 나와 있는 화염병을 제게 주었습니다. 레이가 라이터를 켜고 고개를 주억였습니다. 저도 천천히 주억였습니다. 화염병에 불이 치솟고 화염병이 저의 손으로부터 멀어졌습니다. 뛰어! 레이는 제 손목을 낚아채고 아파트의 반대 방향으로 힘차게 뛰어올랐습니다. 뒤편에는 아파트가 무너지듯 화염병 깨지는 소리가 생생히 들렸습니다.

다음날 화재 사건은 신문의 귀퉁이에 조그맣게 실렸습니다.

그로부터 2년이 흘러 졸업을 하고, 일자리를 알아보았습니다. 레이는 일본인이라 걱정이 없었지만 저는 족족 거절당했습니다. 좌절하면서도 저와 레이는 신문을 뒤치적거리면서 전화를 수십 번이나 걸어댔습니다. 구인광고에 전화를 거는 데 익숙한 자리에 살해 사건이 실려 있었습니다. 피해자는 모두 일본인 남자. 피해자의 얼굴가죽이 뜯겨 있음. 얼굴가죽을 가져간 것으로 추정. 얼굴피해자 신분증의 얼굴 부분이 흉기로 난도질돼 있음. 목격자인 여성은 정신분열증으로 정신병원에서 치료를 받고 있음. …… 신기한 사건이라고 넘어갔습니다.

슈카, 내 친구가 좋은 일자리가 있다는데. 레이는 휴대 전화를 주머니에 쑤셔 넣었습니다. 그것이 사실입니까? 네가 마음에 들어 할 만한지는 모르겠어. 레이 친구가 소개해 주는 것이라면 굉장히 좋을 것 같습니다. 어…….

"그래서 어떤 일입니까?"

선조(先祖)

그러니까 여기가 어디냐 하면은……. 성충권인가 중간권인가. 중간에 걸터앉은 오묘한 운지(雲地)다. 운지라 함은 구름 위에 땅이니 대대손손 아래 흙에서 이름을 떨치던 혼령이 안식처로 삼은 곳이오다. 안식처는 혼령들이 갈망하는 만물이 안착돼 있어 불편이 없다. 그런데 딱 한 가지 결여된 부분이 아랫소식이다. 아랫소식을 건지는 일로 삶의 위안을 얻은 자가 있었으니, 통칭 거인이다. 몸집이 산 만해서 붙여진 애칭으로, 겉보기에만 험상궂을 뿐 위협스럽진 않다. 거인, 소식의 숲으로 즐거움을 만끽하러 간다. 소식의 숲에는 바람이 소식이다. 바람은 바람 한 놈을 건져, 즉 잡아서 질문을 던진다. 바람, 지구 방방곡곡을 싸돌아다녀 보고 듣고 느낀 것이 밤을 새서도 다 말하지 못한다. 거인이 여유가 있다면 종일 경청하것지만 운지에 아랫소식 알리는 것이 제 일이라 중요 소식만 골라 듣는다.

바　람 : 한국(韓國-한민족이 세운 국가로써 조선, 고려 등이 포함됨.)이 난에 부딪친 지가 이태(두 해)가 흘렀습메다. 잘맞하면 하산(下山-한반도의 산)이 불살랑이고 개청수가 흑더미로 황폐될 조짐랄지뇨.

거　인 : 고게 뭔 헛소리란가?

바　람 : 한국의 왕이 이 시기를 제한형일시대라고 터놓았쇼. 한국이 동생이오 일본이 형이라 하요.

거　인 : 들을수록 엉뚱한 허풍이쇼라. 요해서 설명하거라.

바　람 : 요 토(土－한반도의 땅)에 해바칸 지식은 업쓰나 왜놈(矮－)이 점
　　　　녕했다마다.

거　인 : (의문적인 말투로) 일제강점기 마라넨 거 아니녀?

바　람 : (주변 공기를 손사래 치며) 아니오리. 제한형일시대는 한국 왕과 귀
　　　　족이 왜놈과 공식적으로 합의를 거쳤음에 의의가 있스오.

거　인 : 금시초문이뢰다. 이만 가보이라. (바람을 놓아준다)

거인, 바람을 두어 번 더 건지고 심문을 마치니 사실임을 판별하고 종이에
적는다. 종이를 쥐고 광장으로 온다. 쥔 종이에 침을 발라 중앙게시판에 착
붙인다. 중앙게시판대를 땅땅 치며 새로운 소식이 올라왔음을 알린다. 망령
들 일제히 광장으로 몰려든다.

거　인 : (게시판을 땅땅 치며) 소식 대령이오. 아랫땅(한반도)이 제한형일시
　　　　대 이태(두 해)을 맞았다고 하더이다!

불멸의 영웅, 이순신이 허리에 찬 보검을 고쳐 매며 앞장선다.

이순신 : 고게 뭐여. 먹는 겨?

거　인 : 소식에 의하면 거시기, 두 번째 일제강점기라고 하더이다. 고론데
　　　　고게 문제가 아니오라. 왕이며 귀족이며 왜놈과 손을 잡았다 하
　　　　온대. 나라를 팔아먹을 작자들 같쇼.

이순신 : 윗물이 맑아야 아랫물이 맑거늘. 큰일이오, 천력(天力)을 보태는
　　　　게 어떻소?

김옥균 : 이순신 장군의 말이 맞소. 천력을 빌리더라도 되찾아야 합니다.

이성계 : 무릇 운명을 이리 쉽게 구부릴 수 없느니라.

김옥균 : 망국화(亡國化-나라가 망하게 됨)가 되기 전에 막아야 합니다.

주시경 : 망국이 되면 한글도 사라지는 거 아녀?

김옥균 : 옳거니!

세종대왕 : 그건 짐이 허락치 않을지어다. 언어가 사라지는 것은 정체성이 흩어진다는 것이고, 정체성이 흩어진다는 것은 문화가 사라지고 결국 재가 남지 않아 증거조차 찾을 수 없다는 뜻과 일치하오.

여론이 한쪽으로 편중되어 반박할 이가 나타나지 않는 중, 고려의 서희가 공손히 나선다.

서 희 : 천력은 최악의 상황에 써야만 하는 대비책입니다. 함부로 사용하면 우주가 뒤틀리고 기상이변이 일어날 것인데, 누가 책임을 지겠습니까?

김옥균 : 왜놈의 손아귀에 떡 하게 묶여 있는데 어찌 그렇게 매정한가?

서 희 : 우리의 자손은 천손입니다. 중국을 끼고도 오천년 가까이 이 땅을 지켰으니 이번에도 곧 섬나라가 물러날 것입니다. 청하건대 경과를 굽어보시고 그때 도와도 늦지 않을 것이니 넓게 헤아리옵소서.

이순신 : 한국(韓國) 문명발달에 생긴 직종 중에 소방관이라 해서 불을 끄는 관직이 있는데, 불씨는 초기진압이 중요하다는 진담이 있소.

서 희 : (아기 달래듯) 사소한 일에 목소리가 높아져서는 아니되옵니다. 우리 자손이 천력의 도움을 받지 아니하고는 제 앞가림도 제대로 못하는 갓난쟁이가 아니잖습니까.

주시경 : 하지만 한글이 사라진다면?

장영실 : 한 글!

세종대왕 : 짐이 벼락을 맞기로 보호해야 하오.

주시경 : 예, 그래서 천력을 사용해야 합니다.

그때 저만치서 누군가가 내달려온다. 알에서 나왔다는 신라왕이로다.

박혁거세 : (멀리서 막 달려온다) 안 되유! 안 돼! (군중을 헤치고 게시판대를 잡
　　　　　는다. 헥헥거리며 숨을 가다듬는다.) 헉헉, 안 되유. 바꾸면 안 된다요.
　　　　　손주 걱정에 천력을 쓴다구유? 이거, 이거 태양까지 부쉬먹을 양
　　　　　반들이로세. 만국(萬國－모든 나라)을 통틀어도 천력을 건드린 혼
　　　　　들이 없수다!
대조영 : (박혁거세의 어깨에 탁, 손을 올려놓으며) 아냐, 일본은 한 번 썼어.
박혁거세 : 아, 그래? 어쩐지……..
대조영 : 듕귁(中國) 이랑 강등한 천조[米國] 가 왜도(矮島) 에 뭐시냐－, 원
　　　　　자폭탄인가 원조폭탄인가 떨어뜨렸잖여. 근데 민족전쟁이 터졌
　　　　　부렁는데 군수물자 지원한다 해서 왜국(矮國) 이 다세 부강해질
　　　　　기회를 잡았구마이. 고게 천력이 아니면 뭐시당가?
박혁거세 : 우연치고는 딱 들어맞는다잉.
서희 : 그렇습니다. 왜(矮) 가 천력을 건드렸기를, 우리도 천력에 의존한다
　　　　면 그들과 다를 바가 없습니다.
박혁거세 : 내 말이 그 말이여! 이 친구 말기가 세구만.(서희에게 어깨동무를
　　　　　한다.)

두 주장이 팽팽히 대립하여 끝이 날 것 같지 않도다. 단군왕검이 본거지에
서 터벅터벅 걸어나온다. 하품을 우지게 하고 기지개를 한껏 켜고나서 광장
에 우글거리는 혼령떼들을 발견한다. 침침한지 눈을 게슴츠레 뜨고 얼굴을
주욱 내민다.

단군왕검 : 시방 저게 뭐신교.

　혼들, 단군왕검이 헛기침 하자 터널 뚫듯 비켜난다. 단군왕검, 한창 열띤 공방전에 슬며시 다가간다. 인기척이 있기는 한지 박혁거세, 우악 놀라며 절한다. 박혁거세가 절하자 혼령들, 상황을 알아채고 다 같이 넙죽 엎드린다. 단군왕검, 너털웃음을 지으며 흰 수염을 손질한다.

단군왕검 : 그래서 무슨 소식이오냐?
거 　 인 : 예잇, 한도(韓島)에 두 번째 일제강점기나 마찬가지인 제한형일시대가 닥치었다고 하멘다. 제한형일시대를 펴어 말씀대로라면 한국이 동상이오 왜노미 형이라는 시대임메다. 수치스럽제만, (세종대왕과 주시경, 김옥균, 이순신을 손으로 가리킨다.) 이 수난을 천력(天力)의 고삐로 극복하자는 쪽과 (서희와 박혁거세, 대조영을 가리킨다.) 아무리 그래도 천력 남용은 안 된다는 쪽으로 견해가 쪼갈라졌심메오.
단군왕검 : 천력에 기댄다라……. 근디 천력으로 어떻게 도와줄기냐?

　침묵이 참새처럼 쩩쩩 지저귄다.

단군왕검 : 와 말이 없그료? 주둥아리가 달렸으면 말을 해보그라.
윤봉길 : 전국적인 테러인 양성이 살길입니다. 쪽발이놈들은 본때를 보여주어야 합니다.
온 　 조 : 백성을 살해자로 만들다니요, 말도 안 됩니다.
윤봉길 : 국민이 도리어 죽게 될 판장인데 어찌 합당치 못 합니까?
온 　 조 : 차라리 대표를 뽑읍시다.
윤봉길 : 대표가 될 의사가 넉넉합니까?

온　조 : 짐이 딱하게 여기는 살인마가 있습니다. 왜곡된 역사상에 말려 왜녀(矮女)가 된 한녀(韓女)가 자민족의 땅에 불을 질렀는데 사상자 중 얼굴 가죽이 벗겨진 사내가 제 얼굴을 찾기 위해 살(殺)을 일삼고 있습니다. 피해자는 석 명으로 죄다 왜놈들이오나 같은 민족에게 피해를 줄 것 같아 심히 걱정되는 바입니다. 이를 천력으로 움직임이 어떻습니까?

세종대왕 : 온조 폐하께서 발설하시는 것이 모순됩니다. 백성을 부리지 말되 범인을 써먹는다, 이 소리 아니온지 의심되옵니다.

온　조 : 짐의 한계이온지라. 아량을 베풀어주십사오. 허나 저 이가 울분을 삭힌다면 해가 클 것이니, 화를 왜구에게 돌려 득을 취하자는 책략입니다.

단군왕검 : 그럼 그걸로 결정하지.

군중, 뜻밖의 단군 말씀에 짝을 짓고 웅성웅성댄다.

서　희 : 천자(단군왕검)님! 섣부른 행동입니다.

박혁거세 : 노망이 나셨나!

단군왕검 : 다물거라. 최악의 상황이 현시점인데 천력을 쓰지 않것다고?

서　희 : 지켜보시옵고…….

단군왕검 : 누가 허파 뒤집어지는 꼴을 봐야 정신차리겠구려. 서희 자네가 말하는 것은 방임에 가깝네. 무던한 천재라도 조력자가 떠받쳐주지 않으면 시들어지는 법이로다. 건강한 매는 몸에 단 것이리랴. 실행코자 하는 천력이 개미 똥만한 운명의 변질이니 심히 걱정하지 말아라. 더구나 천력을 제쳐두고 신변을 걱정하는 마음은 똘똘 뭉쳐야 하지 않것나.

서　희 : (순순히 물러나며) ……그럼 신의 뜻을 굽히겠습니다.

단군왕검 : 탁월한 선택이로다.

천력을 지키는 수호령 – 청룡, 손톱 손질 중이다. 주작, 중간권을 누비며 권태를 달래고 있다. 백호, 달리기로 단련 중. 현무, 잔다.

시조들, 수호령의 보금자리에 찾아간다. 수호령지의 가장자리를 달리는 백호부터 만나게 된다. 단군왕검부터 시작하여 이성계까지 절을 드린다.

백　호 : (털갈이를 하며) 간만에 멈츄는구이, 이천오백 년 만인가? 그라서
　　　　무슨 사정이교?
단군왕검 : 아랫땅의 기반이 쇠하여 자손이 멸하고 운지까지 폭삭 가라앉
　　　　게 되었나이다.

주작, 하늘을 헤엄치다 밑바닥을 보고 하강한다.

주　작 : (혼잣말로) 손님이 반갑기도 반갑구나. (착지 후)그려, 무언 부탁
　　　　인가.
단군왕검 : 예, 그것이…….

시조들, 네 수호령에게 간곡히 부탁하여 확인을 받아낸다. 증서를 가지고 천종에 도착하니 먹음직한 뭉게고기, 뭉게밥, 뭉게국, 뭉게나물 등이 풍성하게 차려져 있도다. 천종은 티끌 하나 쌓이지 않고 강인한 태도로 앉아 있다. 입고 있는 황금빛 갑주가 매끈하여 해를 받아치니 눈부셔 똑바로 쳐다볼 수가 없다. 휘황찬란한 광채 덕에 시조들 고개를 숙이고 절을 드린다. 천종, 서서히 그 위엄이 사그라들어 시조들 그제야 눈을 뜬다.

단군왕검 : 천종님이시여, 만물을 꿰뚫어보시어 저희 중심까지 아시것지
　　　　　만, 예를 차려 번복하건대 – 제한형일시대라 하여 옛치욕을 되풀
　　　　　이하고 있습니다. 까딱했다간 망허게 생겼으니 높은 천력을 조금
　　　　　이기로 베풀어주시옵소서.

　　천종, 번쩍! 하고 빛나니 그 뜻에 시조들이 감사의 태도를 취한다. 단군이
천종 아래, 천봉을 잡아든다.

박혁거세 : 자, 잠시만유! (손으로 저지하는 행동을 한다)

단군왕검 : (천봉으로 천종을 툭, 건드린다) 앙? 안 들려. 크게 말혀.

박혁거세 : 아이고, 이… 이… 아오 (한 손으로 눈을 덥썩 가린다.) 망했다 망
　　　　　했어!

　　천리서 장궁을 쏘아 명중시킨다는 주몽이 곁든다.

주　몽 : 디 지온 성을 해제하는 걱이어 쇠송스럽기가 하늘 같으렵시나,
　　　　신이 고심하여 말씀드리옵건대 좀더 늦추는 게 현명하다고 생각
　　　　하이옵니다! 라고 말하려고 했는데! 일찍도 치셨네.

왕　건 : 소자도 주몽 폐화와 뜻이 비슷했습니다만, 급하기도 하세라.

　　천종, 천봉과의 입맞춤에 다시 한 번 번쩍 빛난다. 천지에 비구름이 들이닥
친다. 번개가 쏟아지고 폭풍우가 휘몰아치는데, 거인이 수호령지에 허한 표
정으로 걸어온다.

거　인 : 악운(惡雲)이 당도하여서 말씀드리셰오. 급보(급한 소식)이몐다.
　　　　살인자가 옥살이를 면치 모타고 수감되었나빋다.

주　　몽 : 첩첩산중이예. 청룡님, 천력은 어데로 가는 것입니까?

청　　룡 : 그시기, (손톱 손질에 열중한다) 그시기…… 암데나 가겄쥐.

주　　몽 : 예에이?

청　　룡 : 그이까, 내키는 대로 막 떨어지것제. 운명이 바뀔 거여.

단군왕검 : 천봉을 다시 휘두르면 되지 아니하올까이요?

왕　　건 : 삼가 주십사오소서. 천력을 두 변(번)이나 과용한다는 것은 상당
　　　　히 위험맙미다.

청　　룡 : (손목을 까딱까딱거린다.) 그려, 내비둬. 사냇놈들이 절개를 지켜야
　　　　제.

거　　인 : *끄응. 심히 걱정되는군뇨.*

구름 세계는 그렇게 15세기만에 한바탕 뒤집어졌다.

백의(白衣)

　나는 하얀 사람이오. 하얀 가운과 하얀 도구 걸치고 상반되는 색깔 덮기 위한 사람이오. 쉴 새 없이 복도를 쏘다니는 그런 사람 말이오. 사람들은 우리를 백의, 즉 하얀 옷을 입은 하얀 사람으로 부른다오.

　눈살 찌푸림을 적응 못한 소독풍 때문이오. 사방에 그윽하게 깔린 안개요. 무언가 흥건히 적신 응급 환자에게는 진정제가 간절하오. 마이너스 통장대로 빈털터리가 달갑지 않기에 쓴웃음을 질끈 뒤집어쓴다오. 암 말기, 식물인산, 노인 같은 사회에 쓰레기는 언뜻 밥만 축내는 가축이오. 그러나 잘 생각해 보면 하얀 사람들에게 지속적 풍요를 바쳐서 웃음을 안겨주는 존재요. 고로 필요하오.

　요란한 사이렌 소리가 귀찮게 귓가를 후려쳤소. 발걸음을 서두르지만 느린 구석이 함껏 묻어 있소. 이기심이라 힐난하지만 순수한 감정표출이오. 봉사정신으로 열심인 백인(하얀 사람)은 착한 게 아니고, 바보요. 기본적으로 봉사라 하는 거창한 짓거리는 여유로워야 이행 가능한 베풂이오.

　화상 열에 번진 빨간 사람이 들것에 실려 진급하게 들이닥쳤소. 이런! 빨간 사람이란 직종은 제 목숨 부지하기도 급급한데 남의 생명줄을 지켜야 하는 희생직이오. 신성한 직종이라 널리 통하건대 처우가 형편없소이다. 이 빨간 사람도 동전이 궁핍해 보오. 그래도 어쩌겠소. 일이기에 마지 못해 들어가 보리다.

개정법안으로 일선한후가 있소. 일본인 먼저 진찰받고 한국인은 나중이라는 의의요. 한국인이 제 권리(순서)를 되찾으려면 기본료 세 배를 지불해야 하오. 한국인에겐 청천벽력이 아닐 수 없소. 그들에게 불합리한 개정법안이라지만 난 상관없소. 오히려 득되는 법이오! 하하하하! 환자가 물밀듯 밀려오는 건 다름없는 사실이오라. 기냥저냥 한국인은 비싼 거금 낸다, 뿐이오. 머지 않아 그들, 의료보험 대상에서 제외될지 기대되오. 그럼 고스란히 내 지갑 풍족해져 좋을 거요.

아버지, 어머니가 일본 국적을 소유하고 있소. 조부모는 만류에 못 이겨 그나마 외국 국적 소유 상태요. 난 한 명의 일본인으로 거주 중이오. 그편이 이 반도에서 유리할 거요. 한국이란 밧줄이 끊어질 판장에 일본에 붙는 것이 편할 거라 생각하오. 애당초 한국은 기반이 흐리멍텅한 동태눈깔 같아서 무너지리라 꿈에서도 확신했소.

일본은 환태평양 조산대의 악조건을 극복한 섬나라요. 애처로운 국민 한 명이라도 살리기 위한 대비는 가히 난공불락이오. 규칙대로 딱딱딱, 차례대로 대피하는 국민의식이 한국과는 상대가 되지 않소. 대체 한국이란 망국은 여태 통일도 흐지부지해져서 절름발이마냥 행동하는 거요. 내 피가 비록 불결한 한국인의 것이지만 허무하게 죽을 수 없소.

절름발이에게 목발 선물해 준 것이 일본 아니온지. 한국은 감사해야 하오.

독립이랍시고 벌떼처럼 광화문에 모여서 시장판을 들들 볶는데 허튼짓이오. 당신들, 저항이 아니고 굴복해야 마땅하오. 한 번뿐인 인생, 그런 데에 낭비하고 그러시오? 청춘 낭비는 국가적 낭비요. 세상에 즐거운 일 차고 넘쳤소. 나는 노후 준비로 병원을 지새우지만, 청춘 때 육신의 쾌락은 남들 뛰어넘을 만큼 열정적이었소. 나처럼 쾌락을 즐기시오.

어험, 눈 좀 붙이리다. 24시간 편의점 돌리듯 쌩쌩한 나이가 아닌지라 피곤에 절어 있었소. 인적 드문 대기실 소파를 안방처럼 누워 면상에 신문을 올려놓았소. 설마 신문을 뺏아가는 이가 있겠냐만은 있다면 귀싸대기를 왕복으로 후려쳐주겠소. 자판기, 차가운 온기는 어쩐지 중독감이 서려 있어서 스르륵 빠지게 드는 듯하오……

까르르르, 욕된 웃음에 자지러졌소. 간호사 이 인(二人)이 생산해내는 하이톤이 복도를 내리친다오. 여자들이란 생물은 뭐 저리 말 많은 거요? 특히 저 간호사 웃음소리는 귀에 거슬려 해고해 버리고 싶어 손이 발광 중이오다.

테이블에 웬 신문자락이 나팔거린다오. 공기가 헤까닥 반 돌아버린 듯 싶었다가 그것을 내 들었소. 앞면 채운 그림엔 사람선이 보일 뿐이오. 누가 무덤 신세가 됐나 보오. 대충 헤아려보니 살인마가 출현했구려. 무슨 원한이 있기에 살인을 즐기는지 의문이오. 하지만 저런 살육자가 존재키에 병원이 재건한 거요. 의사 입장에서 더 없는 돈줄 아닌가 역지사지해 보시오.

손목시계가 퇴근 시간에 맞춰 나를 흔들었소. 피곤하지만 보람찬 마음을 끌고 하얀 건물에서 해방되었소. 어둠 자국 적적히 도장된 새벽에도 지나가는 바퀴가 적지 않소. 사람들은 제 이익을 달성키 위해 주머니에 손을 찔러넣고 보행하는데-. 자칫 넘어지면 손해요. 그리고 당신들 부상은 당신 주머니 속, 화폐를 거두고 치료될 것이오. 가벼운 타박상이면 몰라도 골절이면 흡족하리다.

혈액 빠진 사람이 걸어오고 있소. 20세기에 걸쳤을 만한 혈색 중절모를 푹 눌러쓰고, 어깨에 인형을 메고 있소. 인형이라고 자부하기엔 시체 같은 직감이 드오. 옆에는 젊은 처자가 따라오고 있소이다. 아직 얼굴이 어둡소. 출중하다면 색시로 삼을 의향 크오. 그러나 이 근처엔 예쁘다면 10에 9로 남자에게 대준 창녀들이오.

처자의 낯에 가로등이 비쳤소. 오호 먹음직스러우나 창녀 냄새가 풀풀나오. 짙은 향수가 덕지덕지 엉겨 있어 불쾌하오. 것보다 중절모와 인형 안은 남자 얼굴이 붕대로 싸여서는 알아볼 데라고는 선명한 눈깔뿐이오. 인형은 시체요. 시체요? 속으로 물어봤자 모르건대 왜 묻는지 자신이 한심해지는 버릇이 가시질 않소. 한강턱에 시체. 중절모. 붕대. 섬뜩한 기사가 뇌리를 강타했소. 그는 살인마요!

차마 심장이 쪼그라들고 호흡이 불투명해져서 입 밖으로 말이 튀어나오지 않았소. 학생 시절 담력테스트에서 혼자 기절한 부끄러운 기억이 살아나는 건 왜일까 모르겠소. 허연 김이 불규칙하게 나풀거리는 걸 보고 그들이 지금 어떤 생각할지 무섭다오.

살인자의 걸음이 머, 멈췄소!

"제일 인접한 병원."

수수수척한 그의 입술에서 저저저런 말이 나왔소!

"벼벼병원이라면 우리병원이 제제일 가깝습…."
"안내, 요청."

부자연스러운 어휘가 이해 안 가는 건 아니오. 내가 따라가야 할 이유
가…….

"잠자코 안내하세요. 목이 날아가기 전에."

창녀의 충고요. 고개를 끄덕이며 왔던 길을 되돌아갔소. 등 언저리가 오싹
한 것이, 언제 정신분열로 생명이 반 토막날지 모르니 긴장감 백배요. 손엔
식은땀이 반지르르. 평소 나지 않던 헛기침과 가래가 끓다 도로아미타불로
흡수되오. 괜스레 혼미해서 기절할 것 같소. 눈부신 풍경이 벙벙하오. 아아-.
도착 전에 쓰러질 듯하오. 운명은 미지수.

터놓고 필한다면 기억이란 생기지도 않았소. 본능에 충실해 우리병원에
돌아왔다뿐. 119 아니, 112에 구조할 꼼수도 까마득하오. 살기 위한 걸음으
로 그들을 검은방에 처넣을 계획은 배 갈라서 제 심장 내놓기요. 차라리 서로
목숨 유지해가며 상부상조하는 것이 좋은 길이라고 굳게 맹세하오.

어영부영 똑같은 출근길에 들어섰소. 로비는 바깥 색깔과 같은 구정물이
오. 다행히 소리 꽥꽥 지를 환자가 싸돌아댕기지 않기에 한숨 덜었소. 이제
응급실에 이들을 처넣고 퇴근하면 되리다. 뚜벅뚜벅, 소름 끼치는 구둣소리
가 자명종이 몰아치는 바다라오. 응급실에 그들을 이겨 넣고 말했소. 이제 저
들에게 치료 받고 가시오! 난 그렇게 한 치의 망설임 없이 밖으로 달렸소. 하

하하! 으하하하! 으하하하하! 난 이제 살았소. 살았다고! 모든 게 다 잘 될 거요. 응급실 백인들의 눈길이 잠시 치미는 듯하였으나, 그들이 잘 해내리라 신의하오. 그러나 아침에 병원이 아수라장이 됐소.

순경이 작업장을 노란 테이프로 진을 쳤소. 사이렌 담은 차가 옆에 대기 중이오. 수염이 거뭇거뭇한 형씨들이 사뭇 진지한 상판대기로 대문을 밀며 나오고 있소이다. 형사님들 무슨 일입니까? 묻네만 하는 말이. 어젯밤에 살인자가 왔다갔당께, 당신 병원관계자여?

"그렇습니다. 이 병원에 근무하는 사람이죠."
"언제 퇴근했지?"
"열한 시를 넘겨서 퇴근했습니다."
"신분증 내놔."

어허. 나잇값 처먹었다고 말하는 꼬락서니가 도둑놈 심보요. 한 방 먹이고 싶지만 휘말리기 싫어 입 잠그다. 가식 찍은 웃음으로 형씨가 원하는 카드를 건네줬소. 뚫어져라 신분증에 코 묻고는 말 없이 가오. 아니꼬운 행동거지가 곧 숨 거둘 양반이오. 노란 테이프와 보초 겸인 순경 나으리에게 허락 맡고 테이프 밑으로 들어갔소. 로비가 햇빛 들고 양지바른데, 전날보다 더 소름 돋는 이유가 뭔지 아시오? 다들 알 거요. 망령이 우우— 짖기 때문이오. 뚜벅뚜벅, 다른 형씨들이 현장에서 나오는 소리요. 또 불심검문을 통과하고 현장을 목격할 수 있었소.

말라붙은 선혈이 죄책감을 쿡쿡 찌르는 것이 아려오오. 커튼은 빨간 사과가 진득하게 덧칠돼 있소. 커튼을 걷었소. ……소독풍을 넘나드는 악취가 무게중심을 오락가락 헤집는구려. 정신을 합치니 막무가내로 얼굴 성형된 놈이 퍼질러 자고 있소. 인연 없는 사람이라 별 감정이 쑤시지 않으오. 자리를 돌렸소. 다리를 못 쓰게 된 다리병신도 살인자의 얼굴 시술을 경험했소. 만원 응급실일건대 피해자가 많지 않소. 특정한 조건에 만족하는 사람만을 성형하는 의산가 보오. 일단은 다 남자요.

여기 이 창녀는 전날 밤에 살인자와 동행하던 계집 아니오리까? 어째서 남자 위에 널브러져서 목에 상흔이 깊게 파였는지 불가사의요. 창녀가 깔고 있는 사나이는— 붉은 의사가 메고 있던 시체 같소. 역시 얼굴만 변을 당했구려. 창녀가 이 사나이를 보호하다 골로 간 듯하오. —다 운명탓이오. 다들 시술 하나 멋들어지게 꾸몄구려. 살인자라는 놈은—, 심장은 도려내지 않고 안면에만 손을 대니, 제 성형에 원망이 충만한 것 같소. 일곱 시 전에도 장미 사나이는 눈깔만 빼놓았지, 붕대로 칭칭 감아서 맨살을 살필 수가 없었소. 어느 미친년이 살인자 얼굴에 칼끝을 댄지 모르겠소. 지옥갈 년이오다.

그들 희생으로 내 목숨 살리고, 휴가까지 얻었으니 일석이조라. 하하하하. 덤으로 월급은 그대로 딸려오니 일석삼조 아니오리까? 아침에 나무늘보로 퇴화해서 푹 잘 계획을 세워보리다. 사건은 충견에게 맡기고! 그들의 본 업무가 이런 허드렛일 하는 거잖소. 당연한 것이오. 음음.

아늑함을 만끽하려고 이불을 펼치니, 여편네 잔소리가 빛의 속도로 귀를 박박 긁어대오. 아들내미도 내 등에 올라타서 바다를 가자며 노래를 부른다오. 피곤이 숙성된 하얀 사람을 배려치도 않으니 섭섭해지려고 하오. 신용카드만 휙 던지면, 아— 감사히 꺼지겠습니다— 하고 물러가면 되는 것들이……. 강제적 연대의 시작이니 내가 무슨 필요가 있겠소? 그러나 아들놈이 신용카드를 뿌리치고는 볼에 공기를 빵빵히 채웠소. 단단히 화난 것 같소만, 뭐가 부족해서 저러는지 답이 없구려.

째깍째깍. 초침이 눈치 살살 봐가며 꿈틀대는 소리가 어둠과 들렸소. 모자가 언제 여행 갔는고는 관여치 않고, 구름과자 든 갑을 들었소. 갑이 비쩍 마른 것이 손아귀에 조금만 힘줘도 바스라지겠소. 안에서 재만 쓸쓸하오. 지갑과 편의점 여정을 위해 사람 같은 적당한 패션으로 치장했소. 청홍색 사이렌이 뭉뚝해진 중심의 삼각형을 갖게 해준다오. 회피에 타념이 없으니 삼각형은 금방 뭉뚝함을 유지할 거요. 오늘따라 길에 이산화탄소가 부족한 것이 공간이 넉넉하이다. 무생물이 뿜는 그것은 하늘을 싸고도는데 말이오. 한산함이 불러오는 고독이 버틸 만하오. 어이,

"거기 안경잡이."

날 부르는 것이오? 뒤를 돌아보니 어허이, 우리병원 응급실에 근무하던 생존자요. 내가 그를 기억하는 건 응급실에서 그를 가르친 장본인이기 때문이오. 그리고 내가 도망할 때, 응급실에서 비치던 눈빛의 주인이 그였소. 붉은 남자가 입실하고 나서 탈출 성공한 부류요. 그는 성공한 목숨인데 코에 하얀 숨을 거칠게 내쉬었소. 내 아들내미 꼬라지랑 닮은꼴이오. 축하하네, 살았구만? 칭찬해 주는데, 그가 다짜고짜 주먹으로 보답했소. 뺨이 제법 얼얼하오. 이보게, 이게 무슨 짓인가?

"너 때문에……, 너 때문에 죄 없는 사람이 죽었어! 이 배라먹을 놈아!"
"넌 살았으니까 된 거 아닌가?"
"뭐?"

그는 나의 태도에 나사가 빠진 듯 우두커니 서 있었소. 부글, 부글. 부글부글. 그의 용암은 펄펄 끓어서 내 멱살을 잡는 데 기여했소. 포효가 감출 수 없는 주먹세례를 분출했소. 세상은 팽이가 되어버렸소. 나선 계단을 썰매 타고

내려간다오. 우어어어어−. 눕혀졌소. 별나라가 인구 공동화 현상을 이유로 횡하구만. 으잇, 고개를 피해도 정나미 뚝 떨어진, 그런 차가운 침이 용안(얼굴)에 뱉어졌소.

부끄러워할 사람도 없어, 한동안 누워 있었소. 누가 본다면 노숙자라 인식하고 지나칠 게 다반사요. 그러나 파란 사람이 날 기어코 깨웠소. 취객으로 보였는지 기계에 숨을 불어보라며 권했소. 괜한 거절은 구치소 가기 좋은 짓이리다. 집이 저기라며, 손가락으로 표시했소. 그럼 어서 들어가라며 떠밀기에 알았다고, 파란 사람을 먼저 떠나보냈소. 편의점을 들르지 않으면 보람이 없게 되오.

안녕히 가세요. 인사성 바른 아르바이트생이구만. 보지 않아도 유리문 속 아르바이트생은 허리를 접었소. 풋풋하구려. 담배가 이토록 달달한 적이 없었는데, 침을 고이게 한다오. 하얀 연기는 이산화탄소인지 암덩어린지 구분하기가 난해하오. 집에 가는 길이긴 하다만, 그런 명분 따위로 선 게 아니올시다.

궐련(담배)을 막 버렸는데 또 당기는구먼. 갑의 무게가 몇 십 그램 줄었소. 화염을 일으켜 끝대에 온도를 높였소. 후우−. 양쪽으로 뻗은 가로수는 바지를 내렸소. 내 발바닥에도 사그락거리는 면들이 흩뿌려져 있소. 초록 사람은 이 면들을 몰아내지도 않고 방치해두는 거요? 농땡이나 피우고 앉아 있다니, 공무원으로서 실격이오. 미관을 다 죽여놓았으니 욕먹어도 싼 것이…….

생존인이 나를 한 번 더 덮친 것 같소. 머리에 벽돌이라도 던졌나 보오, 머리가 지끈지끈. …… 아가리에 무언갈 넣고 액체를 넣소. 뭐라 묻고 싶었지만, 생존인도 아니고 붉은 사나이의 목소리가 들렸소. 어렵사리 개안하니 진짜요.

　“거짓말. 처벌. 소화.”

　거짓말이라니, 처벌은 무슨……. 소화는 관계없잖소! 나는, 나는 아무런 잘못 없소! 대신 사지가 꽁꽁 묶인 듯한 압박감에 감각은 얼굴만 살아 있소. 살려주시오. 난 아무런 잘못도 하지 않았소이다. 내 말을 들어보시오. 그 칼 내려놓고 천천히…… *끄*아아악! 안 돼! 안 돼에…….…….

마무리

　이야기를 정리해 보도록 할까? 선조편에서 대충 들어서 알겠지마는 정리해 줄게. 다음 편부턴 2부랑 동일한 개념이니까 그렇게 알고 읽어! 흐지부지하게 끝나는 거 같애서 하는 거기도 하고, 외전의 의미도 담고 있어. 그래서 안 읽어도 되는 편이야. 근데 어디서부터 말할지 모르겠네. 아무렇게나 말할 테니까, 잘 들어.

　살인자는 화상으로 몸 전체가 녹아내린 사람이야. 화상은 어디서 입었냐구? 창녀야, 최성람. 히가시 레이와 관계를 맺고 합리화된 불장난을 범하고 말지. 한국인의 생활고를 덜어주기 위해 저지른 불장난은 고작 신문 귀퉁이에 실릴 뿐, 아무도 관심을 가지지 않았어. 그렇게 그들의 죄책감도 무엇도 처벌이 가해지지 않은 채, 사건은 잊혀져 갔지.

　한국인 아파트에 거주했던 평범한 남자는 다음날 중요한 업무가 있었어. 떨려서 밤을 지새우고 있었지. 이대로는 안 되겠다 싶어서, 수면제를 먹고 누웠어. 근데 일어났을 때 불길이 그의 전신을 갈취하고 있었지. 수면제 약발 때문에 일어나지 못하고, 그것이 악몽이라고 꿈꾸었지. 식은땀을 뻘뻘 흘리며, 그러다 드디어 꿈이 깨졌어. 꿈에서 깨어나지 않았으면 더 좋았을 텐데. 극심한 고통을 겪으니까. 현관문은 손수건으로도 어찌하지 못 할 만큼 달구

어져 있었어. 불은 그를 기다려주지 않았고, 말하지 않아도 그는 살려달라고, 들리지도 않는 애원을 내질렀지. 근데 훌륭한 소방관에 의해 그가 구출되었어. 잘 된 일인지는 알아보아야겠는데, 좌우간 살았다는 게 중요해.

응급치료를 마치고 눈을 뜬 남자는 경악했어. 살이 다 타버린 걸 보고. 침착하면 부처게? 그때부터 남자는 광기가 들었어. 제 얼굴을 찾기 위해 남의 얼굴을 찢고 뜯고, 자신이 고통 받은 만큼 되돌려준 거지. 살인자는 왜 제 얼굴이 아니라며 살육을 했을까? 그냥 지나가도 되는데 말야. 그냥 미친 거지. 살인자의 혼은 본디 남자의 올곧은 성품과 충돌했어. 사람에겐 선한 면과 악한 면이 공존하듯이. 그래서 그나마 남자만 손대고, 여자를 무시했어. 그래도 무서운 건 무서운 거야.

독백 편은 살인자의 독백이야. 끝줄에 보면, 불길이소인을속박하는트라우마요.어서지워치우고싶소만의지박약이로소이다. 라고 적혀 있어. 의지박약, 의지가 약해서 그 트라우마를 쉽게 잊을 수 없다는 거지. 이야기 순서가 왔다 리갔다리해서 모를 수도 있겠구나. 미안. 여기까지 살인자의 맥락이야.

이번엔 전체적인 배경에서 최성람을 보자. 최인국 씨 부인이 그의 조부모와 최성람을 깊은 산 속에 버려두고 도망쳤어. 바람난 부인을 복수하기 위해 그녀의 부모를 밧줄에 매달아놓은 뒤에야 이혼했지. 그 다음 자신은 마약에 취해 폐인이 되어버리지.

조부모는 최성람을 고아원에 맡기고 떠나, 어디로 가는지는 알 길이 없는데, 내가 추측한 바로는 절벽에서 투신한 것 같아. 최성람은 해뜨는집(고아원)에 맡겨지고 은연중에 히가시 레이를 만나 히가시 마모루를 낳아두고, 책임을 회피하기 위한 해뜨는집에 신생아를 맡겼어. 경제능력이 없다는 평계를 대가면서. 몇 살 더 먹고 한국인의 피를 갖고 있다는 존재만으로 최성람은 번번이 신문지에 적힌 전화에서 퇴짜를 맞았어. 미야자와 슈카라는 일본명의 의미가 없는 거지. 히가시 레이를 친구의 정보에 그녀를 유흥가에 보내기로 했어. 친구가 저런 여자와 친하게 지내면 편하게 못 산다는 말에 솔깃해서, 든든한 뒷돈을 받고 그녀를 매매했어. 최성람은 그런 레이의 뒷모습도 모르고 팔려나갔지.

이건 우연이라고만 해명할 수 없는 건데, 최인국 씨와 최성람이 유흥가에서 대면해. 처음에 최인국 씨는 옛날에 실종된 딸과 비슷하다고 생각했겠지. 최성람은 어릴 때 아버지의 형상이 가물했겠지? 사진도 없는데 그토록 오래 지났으니 잊을 만하지. 그러나 최성람이 몸을 드러낸 순간 등에 찍힌 세 개의 점 위치가 자신의 딸이랑 쏙 빼닮은 거야. 최성람이냐고 이름을 물어봤지. 최성람은 유흥가에서 한국인도 가끔씩 상대해야 했기에 한국어를 까먹진 않았어. 그렇다고 대답하니 최인국 씨는 기둥이 선 채로 눈물을 흘리며 그녀를 얼싸안았어. 최성람은 그가 정신병자 같다고 느꼈어. 딱딱한 느낌도 처음으로 징그러워져서 그를 밀쳐냈지. 최인국 씨은 아직도 대포가 힘 빠지지 않은 채로 이렇게 말했을 거야.

"내가 니 애비다."

이렇게 질질 짜면서 할 건 다 하더라. 그야말로 근친상간인게지. 제한형일 시대엔 출산을 우선시해서 근친상간도 막 장려하더라고. 착한 어린이는 이러면 안 돼요. 부녀는 유흥가를 빠져나와 한강대교에서 여태까지 살아온 이야기를 주고받으며 정답게 이야기했어. 최인국 씨는 최성람에게 같이 살고, 건전한 직장으로 이직하기를 희망했지. 그러나 최성람은 노예제도에 묶여 직업을 바꿀 수 없다고 했어. 절망감이 부녀를 슬프게 했지. 절망에 고심하고 있는데 붉은 코트 사나이가 부녀를 사냥감으로 지정했어.

잠시만……. 여기 있네, 기다려 봐.

"남을 왜 해치고……."

이 부분은 아니고.

"당신 얼굴은 병원 가서 알아……."

여기도 아니고, 찾았다.

"나의 가죽이 아니오다."

살인자는 최인국 씨의 얼굴을 관찰하더니, 목을 잡고 다리를 걸어 넘어뜨렸다. 강제로 수면제를 입에 틀어박는 살인자의 형상이 최인국 씨에게는 그저 붉게만 보일 터이다. 그렇게 강력 수면제를 삼킨 최인국 씨는 정신이 우주 미아가 돼버린다. 살인자는 애장도, 즉슨 아끼는 자신의 칼을 빼드는데, 이때 최성람이 개입한다. 최성람은 오금이 저린데도 칼을 물리쳤다. 살인자는 여자에게 손을 대지 않는다.

"남을 왜 해치고 그래요!"
"나의 살갗이 아니오."
"당신 얼굴은 병원 가서 알아봐요! 이 사람 얼굴을 파헤친들 뭐가 나오겠어요!"
　"그곳엔 나의 가죽이 있소이까?"
　"적어도 비슷하게 만들어주겠죠."
　"인도하면 멎으리다."

　최성람은 최인국 씨를 살리려고 병원으로 살인자를 데리고 간다. 살인자의 흉악함을 모르는 최성람은 그가 단순한 범죄자인 줄로만 착각한다. 그래서 병원만 데려다 주면 무사할 것이라고 믿는다. 걸어가는 중 일행은 하얀 사람과 만난다. 여자였다면 지나쳤겠지만 하얀 사람은 과학적으로 남자가 맞다. 살인자가 하얀 사람에게 말을 건다.

　"제일 인접한 병원."

　하얀 사람은 살인자의 어깨에 접혀 있는 최인국 씨를 본다. 시체라고 의심하며 살인자와의 대화에 신경을 기울인다.

　"벼벼병원이라면 우리병원이 제제일 가깝습…."
　"안내, 요청."

　하얀 사람은 가뜩이나 집에 가서 쉬고 싶은데 차마 내팽개칠 상황이 못되었다. 그 상황에 창녀도 한몫한다.

　"잠자코 안내하세요. 목이 날아가기 전에.

　어디까지나 위협이다. 하지만 최성람이 짧은 시간에 범죄자에 대한 좋은 감정이 싹트고 있다는 확신이기도 하다. 범죄자가 대놓고 듣는데 그런 말을 하다니. 어차피 살인자는 여자를 죽이지 않는다. 하얀 사람은 죽이겠지.

　하얀 사람은 우리병원 응급실에 일행을 두고 냅다 뛰었다. 택시를 타고 줄
행랑을 친 것이다. 하얀 사람이 병원에서 멀어질수록 격동은 심해졌다. 응급
실. 응급실엔 사건의 진위를 아는 사람들의 비명을 지르며 날뛰기 시작했다.
살인자가 입구에 있어서, 그가 한 발짝 나아갈 때마다 사람들은 안쪽으로 피
했다. 여기에 나의 살갗을 가진 자가 있단 거요?…….

　"아뇨. 당신이 무서워서 모두 달아났잖아요."

　살인자는 최인국 씨를 바닥에 떨구었다. 둔중한 소리에 최인국 씨의 두개
골이 바스라졌다. 최성람은 별안간 일어난 일이라 맥이 차단된 최인국 씨를
내려다봤다. 아빠! 최성람은 바닥에 무릎을 쓸며 최인국 씨의 머리를 받쳤다.
토할 것 같은 촉감이 최성람으로 하여금 지옥을 방불케 했다. 살인자는 마음
없이 애장도를 형광등에 찌웠다. 섬광이 이는 애장도가 최성람으로 춤추지
못 해 더욱이 빛난다. 최성람은 빨간 발길질에 최인국 씨와 떨어졌다. 애장도
는 살인자가 제 비위를 맞춰주니 흥이 나서 팔을 쳐들었다. 최인국 씨의 얼굴
을 물어뜯는 애장도를 본 최성람. 아버지를 지켜야겠다는 몽상으로 애장도
를 움켜쥔다. 생생한 혈안이 최인국 씨의 얼굴에 방울방울 흐른다. 애장도가
손아귀를 벗어나려다 손바닥을 잘라내고 만다. 최성람은 다른 한 손으로 애
장도를 붙잡으려고 했다. 애장도는 손길을 샅샅이 피하고, 최인국 씨를 점점
만신창이로 찢어갔다. 한두 번 찔리는 것이 이제는 사태를 되돌릴 수 없게 되
었다. 그런데도 최성람은 보호를 체념치 않는다. 그러다가 애장도가 나무에
서 떨어지는 바람에, 최성람이 해를 입는다. 최인국 씨와 다른 세계에서 서로
이야기할 수 있게 된다. 살인자는 벌벌 떨고 있는 다리병신에게 마취도 않고
미용시켜주었고, 취객에게도 더 붉은 광대뼈로 부풀려주었다. 살인마는 말

없이 응급실을 나섰다.

　뒤늦게 책임의식을 느낀 도망자가 있었다. 하얀 사람은 아니다. 위선자의 신속한 신고에 경찰이 출동했다. 하지만 때는 늦었고, 살인자는 사라졌다. 경찰은 시신을 보고 살인자라고 단정지었다. 얼굴만이 난도질로 두드려져 있어서이다. 경찰을 사방으로 출동시켜 살인자 탐색에 열을 올렸다. 더 이상의 사상자를 막기 위함도 있지만, 이번엔 잡을 수 있다는 느낌이 들어서이다. 경찰들은 그러기를 소망했다. 자신의 가족이 죽기 전에 잡아야 한다고. 그러나 그날도 살인자의 그림자는 행적을 감추었다.

　날이 밝아오자 탐색은 종료되었다.

　하얀 사람은 날이 밝은, 다음 날에 영원한 축복을 맞게 된다. 일거양득이라며 실컷 집에서 잠자고 나서 달이 떠서야 깨는데, 담배가 떨어져서 사러 가는 길에 주먹을 먹게 된다. 주먹의 뿌리는, 응급실에 근무하던 의사다. 하얀 사람이 그를 가르쳤기에 초면이 아니다. 살인자를 응급실에 밀어 넣는 놈이 하얀 사람이란 걸 눈만 보고 알아챈 것이다. 그가 탈출에 성공해서 여기에 있는 것이니 하얀 사람은 그가 생존한 걸 다행이라고 해주었다. 하지만 그는 그딴 칭찬을 들으려고 온 게 아니다. 책임도 없이 내뺀 하얀 사람에게 물리적 고통을 선사해주기 위해서다. 그렇게 해서 아버지에게도 따귀 맞은 적 없는 하얀 사람은 후배에게 속죄를 당해야만 했다.

　어느샌가 밤하늘이 보이는 하얀 사람을 경찰이 발견했다. 경찰은 그가 취객이라 생각하고 기계를 입에 물렸다. 말짱한 정신으로 하얀 사람이 저쪽이 자신의 집이라고 가리켜서 안심하고 경찰은 순내를 더 돌았다. 하얀 사람이 담배를 사고 돌아오는 길에 살인마가 그를 덮친다. 똑같은 방식으로 수면제를 먹이고, 외관변형에 돌입했다.

여기서 보자, 하얀 사람은 담배를 물고 있었어. 살인자가 그를 덮쳤다? 그럼 담배는 어디로? 돌려보도록 할게.

묵언의 척추는 힘이 앗아져 기운이 꺾인다. 하얀 사람이 빼고 들던 궐련이 휘리릭-, 초록옷에 낙하했다. 가로수가 벗어놓고-, 환경미화원이 치우지 않은 초록옷에 불씨가 번진다. 하얀 연기는 점점 초록옷을 땅따먹기한다. 비대해져선 하얀 사람의 외관처럼 붉은 화염이 용솟음친다. 소화기로 끌 수 있는 꼬마 불씬데, 애석하게도 주변에 사람이 없다. 있다 하더라도 살인마의 악랄한 칼소리에 불룩한 소화기만 데구르르 나뒹굴 것이다. 버려진 소화기는 조금씩 밀가루를 게워내지만, 자력으로는 저 화룡을 잠재우기 그르다. 붕대 사나이는 뜨거운 피를 그제야 인식한다. 인식 오류 발생- 원인, 트라우마. 애장도가 트라우마에 빨려 들어간다. 절규가, 절망이, 애장도를 물귀신같이 붙잡아 없어지려고 한다. 살인자의 팔이 부들부들 떨리고, 애장도는 더 발악한다. 기파가 애장도를 사방팔방으로 내리찍는다. 애장도는 중력을 절도있게 뻗댄다. 흔들리는 건 지각이다. 하얀 사람의 목이 꺾이지 않게끔 고른 모습으로 땅을 잡고 있건만 중력의 돌연변이화(化)에 푹푹 꺼져버린다. 트라우마가 애장도만 잡고 가면 될 것을, 안 되다 보니 주인에게도 시도를 걸어본다. 살인마. 치열한 혼돈이 그의 마음을 사정없이 북 치고 장구 친다. 비릿한 비명은 소통할 귀가 막혀 있어 맴돌 뿐이다. 살인자는 최후의 춤을 애장도에게 의지한다. 애장도는 살인자의 혼마저 빨아들여 쾌락을 달성한다. 검붉은 색깔이 방청하는 달을 꼬나본다.

순찰하던 그 경찰- 무전기를 받고 달린다. 하얀 사람을 미친 사람으로 오해하고 불 질렀다, 생각한다. 그러나 경찰 눈에는 검붉은 현상만이 떠돌다

닌다. 누워 있는 사체, 흐느끼며 웃는 사나이, 손 없이 사체를 먹어대는 무생의 칼. 보통인이라면 도저히 믿기지 않겠다. 경찰은 멍청히 있다 무전을 시도한다. 무전에는 헛소리니 개소리니 하는 말만 들린다. 씨발! 빨리 출동이나 해! 경찰은 무전을 끄고 넋이 나간다. 내가 무슨 말을……?

도로변에 귀로는 분간키 어려운 두 사이렌이 주차되었다. 빨간 사람들은 소화전 찾기에 여념이 없다. 파란 사람들은 불장난을 방관한다ㅡ, 다가갈 수가 없다. 소화전이 숨바꼭질에서 졌다. 물이 호강한다. 쌀쌀한 밤의 무지개는 검붉음을 연하게 풀어준다. 희석된 증거는 하수도로, 똥물과 종적을 은닉한다. 물이 더 놀고 싶어하지만, 소화전이 축제를 중단하겠단다. 살인자는 수갑이 채워진대도 웃음을 그칠 줄 모른다. 마음이 멍들었다. 시퍼런 앙금이, 마음의 마음을 잠식해간다. 인내가 기어이 피눈물 흘린다. 하, 하하, 하하하하…….

형사는 살인자를 의자에 가두었다. 웃음소리가 여전히 그칠 줄 모른다. 잘란 얼굴 구경이나 해보자며, 형사가 붕대를 끌렀다. 거멓게 그을린 피부가 괴기함을 자아낸다. 웃음소리가ㅡ, 그쳤다. 형사는 미간을 좁혔다. 벗긴 중절모 안에 붕대를 넣는다. 묶인 손에 끼워진 흰 장갑을 벗겼다. 형사는 반쯤 벗기다 주춤했다. 장갑을 도로 끼워 넣으려다, 내버려둔다. 손등도 화상으로 초췌해져 있었던 것이다. 형사가 묵비권을 행사한 것 같았다. 살인자가 도리어 물어봤기에.

"여기, 나의 이목구비를 모셔놓은 거요?"
"이목구비?"
"보시다시피 소인의 껍데기가 소멸됐소."

"껍데기 같은 게 있을 리 없잖아."
"병원엔 껍데기가 있다고 들었소. 여긴 구원지가 아니오?"

　형사가 살인자와 마주한 의자를 당겨 앉았다. 손에 깍지를 낀다. 여긴 네 죄를 밝히는 곳이다. 그러나 살인자가 자신은 무죄라고 꺼내놓았다. 뒤집힌 중절모에 깔린 서류장을 형사가 빼 들었다. 명백한 증거가 네 눈앞에 있는데 발뺌이냐? 형사가 팔을 뻗어 서류장을 보란 듯이 팔랑였다. CCTV 행적, 피해자마다 얼굴만 손상, 신분증을 칼로 마구 긁은 자국이 발견됐다. 누구도 빠짐없이 말이지. 괜한 힘 빼지 말고 자백하지그래. 서류장이 뒤집힌 중절모 챙에 얹혀졌다. 중절모가 폭삭 가라앉는다. 붕대가 숨통을 죄였다. 살인자는 알아보지도 못할 서류를 내려다봤다. 무죄가 진실이오. 넌 죄가 뭔지 알고 말하냐? 대충 알고 있소만, 정의해 보시오. 선량한 시민과 사회에 근거 없는 피해를 주는 게 죄다, 넌 살인을 저질렀고 그게 피해의 일종이다.

"지금, 피해라고 했소이까? 소인도 피해자요."

　형사가 개수작 부리지 말라며 다그쳤다. 살인자가 소릴 냈다. 각설.

"방화의 주체가 누군지 아시오? 난 모른다오. 일선한후는 누가 주장한 거요. 덕분에 제때 치유 못 한 트라우마, 이 트라우마가 마음속에 독을 품고 산다오. 위태로운 트라우마를 진정시키려고 방관자의 껍데기를 찢으며 자위한 것이오. 그러지 않는다면 내 마음이 망그러질 테니, 이른바 정당방위인 셈이오. 이러고도 당신이 날 역적으로 몰아세울 수 있겠소?

어이구, 비디오가 막을 내렸네. 일선한후는 다들 알지? 일본인 먼저 치료
를 받고, 한국인은 나중에 받는 제한형일시대의 법률이야. 한국인이 제 권리
를 되찾으려면 본 치료비의 3배에 달하는 의료비를 지불해야 해. 이걸로 1부
는 끝마쳐. 싱겁게 끝난다구? 음……, 내가 작가가 아닌들 어쩌랴? 나의 활약
도 이렇게 종지부를 찍는구만. 그럼, 이만 마칠게.

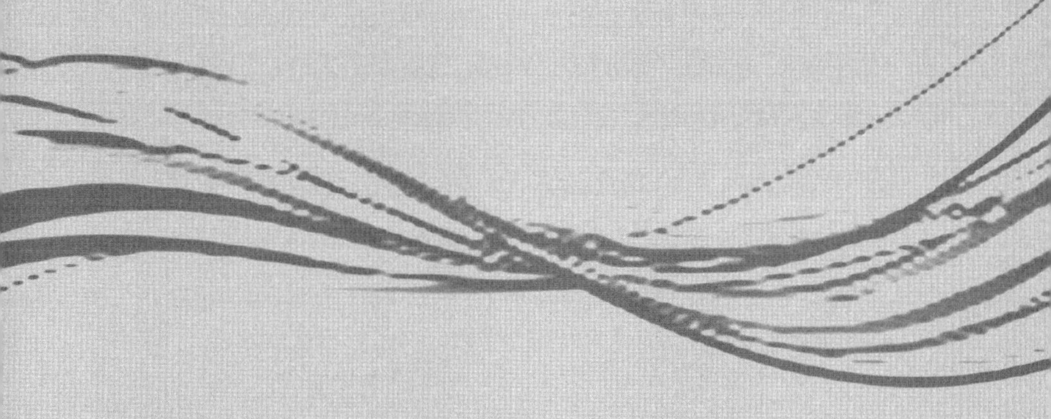

2부

두려움이 덮쳐온다. 현장보존선이 가까워진다. 붉은 것이 보인다. 여자는 입을 다물지 못한다. 힘이 빠진다. 밟고 있던 엑셀이 풀린다. 여자는 두려워졌다. 저것이 정말로 살인자라는 것이, 붉게 쏘아대는 눈동자가 자신을 집어삼킬 듯한 것이 경악스러워 굳고 말았다. 그것만이 아니다. 거기까지는 좋다. 걷는다. 걸어온다. 사나이가. 곁으로. 운전석 앞에 선다. 손잡이를 잡아당긴다. 잠겨 있다. 똑똑, 창문에 노크질을 한다. 여자는 현기증이 난다. 핸들에 머리를 박았다. 클랙슨 소리가 새벽을 깨운다. 살인자는 말이 없다. 기척이 느껴지지 않는다. 여자는 창문 쪽을 쳐다보았다. 그리고 벙어리가 되고 기절한다. 창문이 살인자의 주먹과 맞닿아서. 와장창, 하며 파편이 여자에게도 튄다. 살인자는 안쪽으로 문을 열어 여자의 목덜이를 잡아챈다. 유리 파편에 피가 흐르는 것 같으나 죽을 만큼은 아니다. 그대로 여자를 끄집어낸다. 의식 없는 동물을 살인자는 도로변에 눕힌다.

비행(飛行)·비행(非行)

아! 비행飛行이어라! 소년이어 비행非行하라!

제한형일시대 정부의 출산 정책으로 누구나 할 것 없이 아기를 낳습니다. 저도 귀여운 딸내미를 두고 있습니다. 양육비를 마련하고자 일자리를 찾아보던 중에, 좋은 공장을 발견했습니다. 스타킹 공장. 그 공장은 스타킹 공장으로 치장된 소년 수용소였습니다. 고아들을 잡아다 일을 시키는 공장이지요. 괜찮습니다. 저는 그 청소년들을 보살피는 직무입니다. 청소년처럼 온종일 스타킹을 수제작하는 일 따위는 하지 않지요. 참 좋지 아니하지 않습니까?

바깥세상은 방사능으로 오염되어, 나가면 피폭되어 사망한다. …… 세뇌시키는 아주 좋은 방법입니다. 사장님이 고안해내어 아해들을 붙잡는 아주 좋은 방법이지요. 아침마다 아해들은 이런 진실을 곧이곧대로 받아먹으며 감사하게 여깁니다. 혹여나 반항하는 아해가 있다면 주저 없이 몽둥이로 등짝을 아작내버립니다. 실로 진실이 드러난다면 이곳을 나가려고 발버둥칠 테니까요. 아해들 앞에서 이런 모범을 보이는 것은, 순수하게 아해들을 위한 배려입니다. 밖엔 아해들을 위한 공간이 없을 겁니다.

참 편한 직장이지 않습니까?……

　몸이 찌뿌듯한 날에는 아해들을 마구 쥐어패도 됩니다. 반항을 못하니까요. 발로 까도 다시 일어나 스타킹을 제작합니다. 주저앉아 있다면 꾀를 부린다고 더 맞을 테니까요. 이렇게 맞던, 저렇게 맞던 다 똑같은데— 바보인가 봅니다. 아니, 정말 바보가 맞는 것 같습니다. 배운 것 하나 없는 고아니까요. 거지 반이 양육 부담으로 길바닥에 버려졌습니다. 교육의 교도 알지 못할 것이 당연지사. 무언갈 가르치는 데에 용이한 것입니다. 요컨대, 말 잘 듣는 강아지란 말입니다. 제 딸내미는 제가 곧게 키울 것이기에, 이런 곳에 들일 일이 없겠습니다.

　악력이 괴물과 버금가서, 우리에게 벽돌 깨는 묘기를 보여준 형님이 있습니다. 벽돌형님이란 별명을 가졌죠. 벽돌형님은 저와 같은 열에서 감시를 맡으십니다. 벽돌형님이 담당 아해에게 치근덕대는군요. 이유랄 것도 없지만, 관리 직무를 하다 보면 적지 않게 심심합니다. 아해들을 감시하느라 딴짓도 못합니다. 어떻게든 아해를 때릴 구실을 만들어 스트레스를 푸는 게 우리의 여가라면 여가입니다.

　훼방당하는 아해는 뒤룩뒤룩 살이 쪘습니다. 공장에 수용되기 전에 뭘 먹고 자랐나 싶습니다. 형님은 그 아해의 겹친 살덩어리를 쿡쿡 쑤십니다. 아해가 겁을 먹었군요. 표정이 심상치 않게 변합니다. 화장실이 급한 아이처럼 위태위태합니다. 이거 참 볼 만한 경치입니다. 다른 형님들의 시선도 저와 같은 곳을 향합니다. 다른 아해들은 그렇지 않군요. 머리를 푹 숙이고 있습니다. 자신도 아무것도 보지 못했다는 의사입니다. 순진한 아이들도 이 상황이 대충 어떻게 돌아가는지를 압니다. 현실의 참맛을 깨달은 것입니다. 세뇌의 결실이지요. 그런데 돌연변이가 나타났습니다.

　뒤편에 앉은 아해가 벌떡 일어나더니, 벽돌형님의 손목을 잡았습니다. 그 아해는 72번, 히가시 마모루입니다. 제 담당이지요. 히가시 마모루, 앉지 못해! 전 이렇게 소리쳤습니다. 히가시 마모루가 제 눈을 흘기더니 벽돌형님과 눈싸움을 벌입니다. 벽돌형님이 까딱하시면 히가시 마모루는 공장 지붕에 처박힐 똥강아지입니다. 히가시 마모루가 입을 엽니다. 들리지 않는군요. 벽돌형님의 뒷모습이 보일 뿐입니다. 72번이 입을 닫자 벽돌형님이 아해의 손을 뿌리칩니다. 벽돌형님이 제자리로 돌아오는군요. 표정에 검은색과 하얀색이 공존합니다. 조금 불길한 예감이 듭니다. 히가시 마모루는 뚱땡이를 일으켜주고 복귀하였습니다. 히가시 마모루는 아무런 표정도 드러내지 않고 있습니다. 저 소년이 무슨 이야기를 했을까 궁금해집니다.

　그 사건 이후로 몇 가지 괴롭힘이 생겼습니다. 급식시간이었습니다. 히가시 마모루가 옆의 아이와 이야기를 나누고 있었습니다. 제가 본 건 그랬습니다. 벽돌형님이 히가시 마모루에게 다가갔습니다. 근처에 아해들은 벽돌형님을 보더니 기죽어서 식판에 코를 박았습니다. 히가시 마모루는 눈치채지 못한 것 같습니다. 애써 모른 척한 걸까요. 자신의 머리가 젖혀지고 그대로 식판에 면상을 처박을 줄 알았겠습니까. 벽돌형님은 웃으시며 히가시 마모루가 머리를 들지 못하도록 꾹꾹 눌러대었습니다. 발버둥칩니다. 머리채를 잡아당기니 일그러진 관상이 웃깁니다. 벽돌형님은 히가시 마모루의 귀에 입을 갖다 대셨습니다. 속삭이셔서 알 수 없었지만 히가시 마모루가 표정이 굳어진 걸로 보아, 짐작이 갑니다. 이후로도 히가시 마모루를 넘어뜨리거나 만들고 있는 스타킹을 찢어버리는 등, 악행을 서슴지 않으셨습니다.

　얼마 안 가 히가시 마모루는 맛이 가버렸습니다. 히스테리를 일으킵니다.

바닥에 풀썩 쓰러지더니 눈깔이 뒤집혀 경련합니다. 벽돌형님은 히가시 마모루를 툭툭 발로 건드렸습니다. 장난삼아 한 일인데, 애 하나를 상또라이로 만드셨군요. 괜찮습니다. 아해들은 널렸으니까요. 한 명 병신 되도, 들이면 됩니다. 그래도 좀더 지켜보도록 했습니다. 벽돌형님이 시키는 대로 저와 졸개 한 명이 히가시 마모루를 숙소로 처넣었습니다. 저는 다리를 잡고 동료는 팔을 잡고 옮겼습니다. 앙상한 뼈의 징글징글한 촉감이 아직도 생생합니다.

야간에 근무하는 형님들의 말씀으로 의하면, 히가시 마모루에겐 가망이 없답니다. 수긍이 됩니다. 지금, 소년의 울부짖음이 제 귀에 들리니까요. 오롯한 정신이라곤 찾아볼 수 없습니다. 정신장애 1급은 돼 보이는군요. 입은 하루 사이에 외계인이 되었습니다. 눈은 사시가 되었고, 완전한 애물단지가 되어버렸습니다. 이런 구제불능은 어서 처리하고, 새로운 놈을 들이는 것이 좋겠습니다. 형님들도 모두 그러자는 반응입니다. 벽돌형님은 또 졸개와 저에게 일을 시켰습니다. 제가 가장 마지막에 취직했으니, 어쩔 수 없는 이치입니다. 귀찮아도 손에 몽둥이를 꼬나쥐었습니다. 소년의 복부를 걷어찼습니다. 히가시 마모루는 배를 부여잡고 엎드렸습니다. 돼지 멱 따는 소리가 들렸습니다. 웃는 것인지 우는 것인지 모를 만큼 꺽꺽대는 것이었습니다. 저도 모르게 실소가 머금어지는군요. 동료가 몽둥이로 날개뼈를 후렸습니다. 깜찍한 애원이 아드레날린을 촉진시키는군요. 짓밟는 쾌락이 스트레스가 팍팍! 풀립니다. 선한 울음은 저희가 좋은 일을 하고 있다는 의식을 갖게 합니다.

소년이 조용해졌습니다. 이만 거둘까. 그래. 몽둥이를 허리춤에 찼습니다. 히가시 마모루의 다리를 잡았습니다. 졸개는 전처럼 팔을 붙들었습니다. 어이차, 떡진 소년의 머리째가 흉합니다. 바닥을 보는 소년의 얼굴이 어떨지 기대됩니다. 끈적, 바닥에 물이 흥건합니다. 저것은 침인 것 같습니다. 복도가 더러워지면 성가신데, 서둘러야겠습니다. 대문의 암호를 두드렸습니다. 풀밭이 보입니다. 풀밭을 관리하는 사람이 있는 것인지 잘 다듬어져 있습니다. 소년을 대롱대롱 흔들며 낭떠러지로 갔습니다. 일종의 처리장입니다. 그리 낮지는 않습니다. 떨어져도 죽지 않을 것 같은데. 동료가 괜찮다고 합니다. 장애인이 됐는데, 살아도 금방 허덕이다 죽을 거라고 했습니다. 그렇구나. 우리는 소년을 그네에 태우듯이 흔들었습니다. 하나…… 둘… 셋!

하양과 빨강과 파랑이 어울려 노는 꿈의 나라로 소년, 히가시 마모루는 비행飛行하였습니다.

***

팔에, 등에 징그러움이 선하다. 하늘이 보인다. 푸르다. 시큼한 냄새가 난다. 윙‒ 윙‒. 쬐그만 것이 맴돈다. 역한 비린내가 멎질 않는다. …… 목을 돌렸다. 붉다. 붉고 파랗다. 파란 건 옷이다. 붉은 건 흘러내려, 말라붙었다. 살점에 흰 벌레가 꼬여 있다. 털어내기엔 무언가 끊겼다. 생명줄이 끊긴 것이다.

손바닥이 간지럽다. 개미가 간지럼을 살살 긁는 듯한 촉감이 든다. 몸을 일으켰다. …… 파리 날갯짓을 손사래 쳤다. 손에 흰 벌레가 기어 다닌다. 팔을 쓸어냈다. 다리를 접었다. 스산한 감촉이 기분이 나쁘다. 어서 이 거추장스러운 자릴 떠야겠다. 시체라 하는 것을 한두 발자국 밟고 땅을 디뎠다. 역시 기분 나쁜 촉감이다.

냇물이 보인다. 유유히 흘러간다. 물이 서늘하다. 앝았다. 들어가 얼굴을 씻었다. 건너편에 앙상한 나뭇가지가 즐비하다. 나뭇잎이 흙처럼 물들었다.

빽빽한 숲 속은 감감하다. 개울에서 나오자 몸이 무거워졌다. 윗도리를 벗어 바위에 널었다. 햇볕이 중천에 달려 있다. 바지 끈을 끌렀다. 바위에 올라갔다. 양지가 드는 데에 바지를 펼쳤다.

시냇물을 축으로 시체밭은 멀어졌다. 날리는 파리가 이곳에서도 보인다. 절벽. 눈으로 절벽을 올라탔다. 이마에 손을 올렸다. 볕이 덥다. 측면에서 검은 수증기가 모락모락 핀다. 검은 수증기 아래로 공장이……. 공장에 있었다. 미친 척을 했다. 하느님이 데려가 주리라 믿었다. 그러나 천국이 아니다. 아닌데 피폭되질 않는다. 방사능은 어디로 간 것일까. 어쩌면 다행이다. 눈물이 핑 돌았다. 눈가를 스리슬쩍 훔쳤다. 배가 굶주린 소리를 낸다. 시냇물을 내려다보았다. 투명하지만 그 속엔 물고기가 없다. 피폭되어 사라진 것일까, 모르겠다. 실컷 먹고 죽기라도 했으면.

바위에 내려왔다. 숲이 웅장하다. 끝이 안 보인다. 잎들이 바스락바스락 밟힌다. 기둥에 손가락을 올렸다. 껍질은 쉽게 떨어져 나갔다. 바닥에 후두둑 버려졌다. 손톱으로 긁어보았다. 후두둑……. 무언가 다른 것이 벗겨진다. 긁다가 긁다가, 한 군데만 벌거숭이가 되어버렸다. 긁기를 그만두었다. 손톱에 진물이 꼈다. 시체밭이 여전하다. 시체밭과 가까워진다. 그래 봤자 멀다. …… 진물을 게워냈다. 바위에 올라갔다. 윗도리가 축축하다. 바지도 축축하다. 앉았다. 다리를 접어 끌어안았다. 무릎에 턱을 괬다. 흘러내리는 냇물 소리만 맑다.

바위가 겹겹이 경사지다. 다른 바위에 손을 짚었다. 작은 바위, 큰 바위. 큰 바위 작은 바위……. 도로가 펼쳐져 있다. 자동차는 없다. 가랑이가 춥다. 바위로 내려왔다. 바람이 쌀쌀해진다.

시체밭이 여전하다. 물이 더 차다. 추워지기 전에 해야 한다. 어둡기 전에 해야 한다. 몸이 무거워졌다. 시체밭과 가까워졌다. 코를 막았다. 손을 뗐다. 날갯짓이 정확해진다. 파란 것이 보인다. 발이 보였다. 바짓단을 집게손가락과 엄지손가락으로 잡아끌었다. 그것을 털어댔다. 흰 벌레가 철퍽 떨어졌다. 허리에 대어보았다. 돌돌 말았다. 바위에 덜 마른 옷감이 보인다. 향해서 힘껏 던졌다. 바지가 추락한다. 추락했다. 강물에 젖어간다. 다른 발을 헤매었다. 바짓단을 끌었다. 두 기장을 묶고, 묶고 묶었다. 바위로 던졌다. 바위 뒤쪽으로 넘어갔다. 해가 어스름을 끼었다.

윗도리가 힘겹다. 시체를 끌어냈다. 단추를 풀었다. …… 부리부리하게 뜬 눈을 감겨주었다. 몸뚱어리를 뒤집었다. 팔을 우겨 뺐다. 흰 벌레가 비행한다. 올챙이같이 꼬물꼬물 인다. 접어서 소매를 묵었다. 물에 떨어지지 않았다. 그림자가 길어졌다. 건너가 던진 옷을 입었다. 큰 바위, 작은 바위를 번갈아 올랐다. 숨이 차다. 도로가 차다. 발바닥이 차다.

찬바람이 옷 사이를 헤집고 간다. 얼굴에 감각이 없다. 입술을 벌리기라도 한다면 틀 것 같다. 눈을 감기도 어렵다. 매몰찬 것이 폐 속으로 들쑥날쑥 인다. …… 전신이 얼음장이다. 기다랗게 올려놓은 등이 숫자와 나란히 있다. 저편에도 있고 저저편에도 모양은 다름이 없다. 멀리 있을 뿐이다…….

볼이 도로에 붙어 있었다. 손을 대는 것도 아리다. 찬찬히 몸을 일으켰다. 손에 돌이 묻었다. 긁어내자 애 같은 피가 보인다. 발걸음을 앞으로 했다. 조용하다. 바람이 옷깃을 툭툭 치는 소리. 귀를 때리고 뒤돌아서는 소리. 나무가 기우는 소리만이 들리었다.

어지럽다. 무언가 발을 간질인다. 목을 추켜세웠다. 얼굴에 바람이 닿았다.

발에 무게감이 없다. 발가락을 움직여 보았다. 발목까지 주물렀다. 무릎에 손을 얹고 일어, 섰다. 아득한 철대를 잡았다. 낭떠러지다. 철대를 넘으면 낭떠러지다. 산이 우뚝 솟아 있다. 빨간 페인트 파란 페인트……. 지붕 아래에 걸려 있다. 바람이 귀를 쓰라리게 한다. 바람을 역행했다.

…… 오돌톨한 도로를 짚은 손등이 보였다. 무릎을 꿇고 있었고, 철대를 놓지 않고 있었다. 동그란 그림자가 생겼다. 해가 돋았다. …… 하루가 지났나. 철대에 기대었다. 정신이 든다. 철대를 붙잡았다. 털썩. 주저앉았다. 오금이 떨린다. ……. 동그란 그림자와 가까워졌다. 일어서야 한다. 일어서야만 한다.

질질 끌다시피 철대를 잡고, 뗐다. 손이 얼어붙었다. 둔한 감각이 어렴풋하다. 바람이 뺨을 때렸다. 발가락이 곱았다. 목이 고장 났다. 허리가 쑤시다. 어찌 되든 걸어야 한다. 걸어야만…… 한다. 침이 부족하다. 물. 물이 없다. 이마가 화끈거린다.…….

정신이 기울었었다. 이마가 덥다. 무릎이 바닥에 물려 있다. 숨이 얕아진다. 하아, 하아……. 산이 보인다. 밑이 뚫린 철대 너머로 산이 보인다. 가지만 즐비한 산이 보인다. 잡을 수 없다. 너무나 멀다……. 정수리에 바람이 꽂힌다. 어깨가 바람에 눌린다. 하느님이 등에 바위를 올리셨나. 코웃음을 냈다. 흐흥……. 실없는 농담이다. 방사능이 이렇게 만들어 놓았구나. 그렇구나. 그런 거였어…….…….

번뜩 기운이 들었다. 어지럽다. 뱅글뱅글 도는 세상이란, 위아래를 구분짓지 못하는 세계에 갇힌 것만 같다. 전등이 보인다. 날파리가 전등에 붙었다

날았다, 배회한다. 이마가 열불 같다. 목까지 두툼한 이불이 덮혀 있다 녀. 팔을 꺼내 이마를 만졌다. 축축한 무언가가 얹혀져 있다. 무언가를 들어 눈앞에 댔다. 수건이다. 수건을 베개 맡에 두고 몸을 일으켰다. 허리를 틀어 창문을 찾았다. 창문이 어둑어둑하다. 전등이 약하게 발한다.

옷에 이질감이 느껴졌다. 질감이나 색깔이 다르다. 주위를 살폈다. 옷걸이가 벽에 붙어 있다. 옷들이 가닥가닥 걸려 있다. 이부자리를 벗어나니 공기가 서늘하다. 발꿈치를 들면 천장에 머리가 닿을 것 같다. 문살이 딱딱하게 굳어 있다. 두꺼운 종이가 공기를 답답하게 만든다. 둥근 문고리가 녹슬어 있다. 문고리를 살짝 당겼다. 좀 더 세게 당겼다. 픽, 하고 문이 열리었다. 마룻바닥이 보였다. 서늘한 공기가 서멀서멀 기어들어온다.

방을 나와 근처를 두루 살폈다. 마룻바닥 밑으로 슬리퍼가 놓여 있다. 슬리퍼를 신고 마당으로 나왔다. 한켠에 개 한 마리가 쭈그려 자고 있다. 개를 지켜보다가 마당을 나왔다. 시선이 잡히지 않는 캄캄한 밤이다. 아무것도 보이지 않는다. 가로등이 하늘에 대롱대롱 서 있을 뿐. 가로등을 따라 걸었다. 벌레 소리가 들린다. 오른쪽이다. 소리를 나침반 삼아 나아갔다.

집이 모여 있는 곳으로 가까워질수록, 통곡하는 소리가 들렸다. 걸음을 빨리하다 그곳으로 뛰어갔다. 슬리퍼가 불편하다. 슬리퍼를 버리고 뛰었다. 점점 빛이 보인다. 인기척이 느껴졌다. 찬찬히 걸어갔다. 대성통곡. 담 너머로 적지 않은 사람들이 통곡하고 있다. 담에 눈을 내밀었다. 할머니, 할아버지가 빙 둘러서서 울고 있다.

담을 짚어 나가며 문을 찾았다. 소리가 나지 않게끔 마당으로 들어섰다. 그때, 한 할머니가 뒤를 돌아보았다. 순간 머리가 새하얘졌다. 할멈, 요 녀석 그

녀석 아니우? 돌아본 할머니가 다른 할머니를 불렀다. 그제야 정신을 잡았다. 다른 할머니가 소매에 눈을 훔치며 앞에 섰다. 아가야, 이름이 뭐니? 히가시 마모루예요. 일본인이니? 몰라요. 엄마 아빠는 어디에 있으셔? 몰라요, 저기 사람들은 왜 울고 있어요?

"우리나라는 일흔이 되면 말이다. 안락사라는 주사를 맞고 죽어야 혀. 안 그럼 목 매달고 죽어야 하는 기라. 하물며 자식들이 시체를 먹기까지 해야 돼이."
"누가 그런 걸 만들었어요?"
"정부가 만들었제."
"정부가 나쁜 거네요."
"떽, 그런 소리 하면 못 써이. 자칫 공무원 아저씨가 잡아갈 수도 있을 기라."

둘러싼 통곡을 헤집고, 안을 들여다보았다. 공무원 아저씨라는 사람이 가방을 막 들려던 참이었다. 가슴에 팔을 얹고 자는 어떤 사람이 보였다. 찬 바닥에 차면 얼어죽을 텐데. 다행히 안락한 상자에 들어가 있었다. 아저씨 다리에 자는 사람이 반쯤 가려졌다. 아저씨가 다리를 한 발자국 내딛자, 통곡이 멈추고 길이 트였다. 아저씨의 뒤를 밟았다.

아저씨가 뒤를 알아보았다. 의심의 눈빛. 평범한 아이라고 생각할 테다. 그렇지만 찜찜할 것이다. 응당 찜찜해 줘야 재미나지. 아저씨 다리가 열을 올렸다. 덩달아 열을 올려 뒤쫓았다. 아저씨가 휴대 전화를 꺼내 드는 게 보인다. 이럼 재미없어지는데.

사방이 밭으로 허한 길로 들어섰다. 짚이 한 무더기로 굴러다니는 밭으로 들어갔다. 서성이다가 원하는 걸 찾았다. 영 무뎌서 진가를 발휘 못할 것이다. 괜찮다. 없는 것보다 낫다. 밭길로 올라가 빠른 걸음으로 아저씨를 뒤쫓았다. 오르막길로 자동차가 보였다. 경보론 늦다. 뛰어간다. 차가운 바람, 차가운 밭길. 아저씨가 이미 알아차렸겠다. 그편이 더 두려우니까 좋다.

아저씨 뒷모습이 눈앞으로 뚜렷해졌다. 목덜미를 채뜨렸다. 우왁! 가방이 날아갔다. 가방이 열려 내용물이 쏟아지는 소리가 들렸다. 내가 무슨 원한을 졌다고! 이러지 마! 아저씨는 내 손에 들린 것에 공포를 실감하고 있는 것이다. 시퍼런 것이요. 아주, 아주 서슬 퍼런 낫이에요. 녹슬면 안 될 것 같죠? 안 그래요. 으흐흐……. 공장에 아이들처럼, 아저씨는 그런 표정을 짓고 있었다. 이 상황에 제안을 해온다. 워, 원하는 게 뭐야. 제발 목숨만은 살려줘! 아저씨를 넘어트려 목을 죄었다. 팔에 아저씨 손이 붙었다. 싱겁네요, 아저씨. 발버둥 좀 쳐봐요. 으흐흐. 제가 원하는 게 뭔지 알고 싶어요? 죄송하지만 아저씨 목숨이에요.

눈알이 뒤집히려 하는 아저씨의 면상이 보였다. 주둥아리에 나오는 발악도 보였다. 좋은 관상이에요. 이젠 죽는 게 낫다고 믿어 의심치 않을 거예요. 아주, 아주 편하게 보내드릴 거예요. 으흐흐. 그것을 하늘 높이 쳐들었다. 가로등에 좀 반사돼서 빤짝빤짝거리네요. 아름답지 않아요? 아차, 말을 못하시겠네요. 손아귀를 쥔 손을 살짝— 풀었다. 아저씨가 콜록콜록 기침을 한다. 그 틈에 푸욱—, 하고 그것을 찍어 드렸다. 달같이 휜 낫이 아저씨 헤어스타일이 됐다. 아름다운 헤어스타일. 양념이 줄줄 새어나온다. 더운 피가 옷에 묻기 전에 일어나야겠다. 그 전에 주머니를 뒤적였다. 요긴하게 쓸 만한 지폐가 몇 장 나왔다. 열쇠도 나왔다. 오르막길을 보았다. 이 열쇠가 자동차 열쇠 같다.

아구 벌린 가방이 눈에 도드라졌다. 밭길로 내려가 보았다. 주사기가 있다. 할머니가 말한 안락사가 이 주사기인가 보다. 안락사 하나를 바지에 넣었다.

이외엔 생수를 찾았다. 들이키고 병째 버렸다. 아저씨가 흘리는 양념이 길을 따라 흐르고 있다. 밭길로 오르막길로 올라갔다. 열쇠를 문에 꽂았다. 맞물린다. 잠금이 풀렸다. 운전석에 앉아 시동을 걸었다.

구간마다 빵빵대는 경적이 사납다. 운전대를 꼬나잡고 신경을 다듬는다. 부착된 기능을 하나씩 건드려 봤다. 어림짐작으로 기능을 익히게 되었다. 아찔한 상황이 연출되기도 했다. 사이드미러에 무심해지자 긁힐 뻔 했다. 손바닥에서 영락없이 땀이 배어나왔다. 칠판을 손톱으로 찢는 비명 같은 브레이크가 잡혔었는데, 무사히 탈출했다. 거울 속으로 시커먼 구름이 붕붕 날아오르는 걸 보았다. 액셀을 꾸욱 눌렀다. 조용하다.

사람이 보이기 시작했다. 어둑적적한 골목에 주차랄 것 없이 멈추어 섰다. 차에서 내려 좌우를 둘러보았다. 밖으로만 소음이 웅웅대고 떠들썩하다. 열쇠를 길바닥에 내던지고서 골목을 나왔다. 찔러넣은 주머니에 무언가가 잡혔다. 건조한 지폐가 두 번 접혀 있었다. 지폐의 감촉이 까슬까슬한 게 좋다. 손가락에서 특유의 돈 냄새가 났다. 별안간 어떤 아이가 앞머리를 휘날리며 지나갔다. 뒤이어 아저씨가 아이를 쫓아갔다.

아저씨가 몸에 부치는지 얼마 안가 다리를 거두었다. 앞니가 유난히 툭 튀어나와 생쥐와 닮아 있다. 때 탄 모자를 잡고 경계하듯 나를 흘긴다. 지지 않고 눈에 힘을 바짝 줬다. 꼬질꼬질한 재킷에다 남루한 바짓가랑이가 꿰매어진 꼴이었다. "너도 한패냐?" 아저씨가 멱살을 치켜들더니 알 수 없는 헛소리를 지껄였다. 당최 무슨 소린지 영문을 알 수 없다. "도망간 놈하고 한패 아니더냐!" 이 아저씨 단디 오해하고 있네. 잡아챈 것부터 놓고 말하라며 손목을 붙들었지만, 귀가 살찐 것 같았다. "놓으면 어쩌랴? 도망갈라구? 고건 안 되지. 암, 그렇고 말고." 한 눈을 찡그렸다. 진득한 침이 튀겨서, 고개를 홱 돌려

외면했다. 그러더니 버럭 화를 낸다. 굵은 확성기가 주위에 사람을 긁어모았다. 그러자 아저씨 왈, "요놈이 날치기와 한패요. 경찰 불러!" 한다. 난 아무죄도 없는데. 여기서만은 말썽 피운 적 없는데. 나도 한 마디 호통쳤다.

"증거 있어요? 아니, 이름도 모르는 애랑 한패는 무슨! 이 아저씨 배짱이 두꺼우시네!"

군중이 소곤소곤거렸다. 겸연쩍어진 아저씨가 슬그머니 꼬리를 내린다. 나의 목 부근을 내리깔아보니 죽죽 늘어져 있다. 혼잣말로 짜증을 부리며 군중에 끼었다. 뒤통수를 벅벅 긁어대는 아저씨를 숨어서 보고는 빠져나왔다. 막상 나오니 그다지 할 일이 없었다. 갈 데가 없다는 것이고, 광활한 도시서 누울 자리도 마땅하지 않았다. 아저씨의 뒤를 밟기로 했다.

지하로 내려가는 통로는 움직이는 계단이 내리막으로 깔려 있었다. 오른쪽은 내리막이고 왼쪽은 오르막이었다. 오르막도 자동으로 계단이 올라와서 힘든 게 아니었다. 살짝 어둡다. 조심스레 계단을 내려갔다. 차가운 기운이 풀풀 뿜어대는 지하였다. 이불을 깔고 제 방마냥 자는 사람들로 파다하다. 거뭇거뭇한 수염이 제때 깎이지 못해 지저분한 얼굴들이 만연하다. 개중에서도 몇몇만 얼굴을 드러냈고, 다른 아저씨들은 모자나 신문지로 가리고 있었다. 그 아저씨도 이곳에 속하는 듯하다. 아저씨가 짐짓 걸어가다 뒤돌아본다. "너……." " 갈 데가 없어서요." 아저씨가 설렁설렁한 손짓으로 어여 가라고 저지했다. '그렇다고 갈 소냐.'

요상한 기계 사이로 사람들이 면면히 빠져나온다. 할머니들은 꼬부랑이 아니라 척추가 올곧았다. 할머니가 다 꼬부랑은 아닌가 보다. 이마에 팔자 주름이 지긋한 아저씨, 정장을 차려입고 있다. 똑똑똑, 높은 구두를 신은 누나의 걸음걸이가 위태롭다. 저리 홀쭉한 굽으로 발을 지탱하다니, 대단하다. 알록달록한 캡 모자와 불량한 바짓단의 형도 있었다. 빠짐없이 네모난 카드를 기계에 대고 나온다. 삑— 삑— 하는 소리가 난다. 아저씨들 앞에 놓인 소쿠리로 땡전이 한두 푼 떨어졌다. 무릎을 꿇고 조아리는 아저씨에겐 특히 동정심 든 종이돈이 팔랑였다. 기계 근처에 머뭇거리며 이쪽을 흘기는 아이들이 보였다. "아저씨, 쟤들 한패라는 걔들이에요?" "엉? 그래. 저 쌍놈들이지, 아주 못돼먹었어." 아이들이 기둥에 모습을 감추었다. 이 거리라면 시끄러워 안 들릴 텐데. 눈치가 제법이다.

아이들이 나타났다. 아무런 일 없다는 듯이 걸어간다. 눈 돌아가는 소리 들린다. 느낌상 소쿠리가 한바탕 뒤집힐 예감이다. 불길한데. 지하에 탄성이 울려 퍼졌다. "예끼 놈아! 게 서라!" 저편에서 달음박질치는 뒷모습이 보였다. 완연하게 작은 체구다. 다른 아이들도, 달음박질치는 아이가 리더라도 되는 양 달려나간다. 움직이는 계단이 쿵쿵 격동한다. 함께 뛰고 싶다. 꾀까로운 것에 말려든다 해도 —재미진 일이 없었기에— 심심하지 않은 게 낫다 생각했다. 뛰었다.

그 아저씨가 뒤편에서 물었다. "어이! 넌 뭐하러 나오냐." "아저씨는요?" "한눈팔다 뜯겨부렀어." 그 뒤로 미어터지는 계단에 밀려 탈출했을 때, 아저씨는 보이지 않았다.

나는 어느샌가 아이들과 동행하고 있었다. "너, 어디서 왔어?" "몰라." "청날연에 가입할래?" "그게 뭔데?" "청소년 날치기 연맹." 얼떨결에 권유받은 청날연에 들어가게 되었다. 속칭 청소년 날치기 연맹, 청날연. 유치한 명칭이다. 아이들은 소속감에 찌들어 날치기를 생업으로 삼고 있었다. 오늘만 해도 벌어들인 돈이 자그마치 3만 원이란다. 3만 원. 잘 모르겠다. 목돈인지 가늠

할 수 없다. 나의 주머니에 든 지폐가 네 장이라, 적은 거라고 넘어갔다.

그들은 나를 날치기 정예 멤버로 만들기 위해 여러 가지를 가르쳐 주었다. 문득 든 생각은 그 아저씨를 이용하는 것이었다. 아저씨는 나를 청날연, 즉 날치기범으로 몰지 않을 거다. 고로 낚기 좋은 물고기다. 전말을 속속히 털어 놓으니 아이들 눈이 예사롭지 않다, 기세등등한 군사의 눈빛이다. 적극적인 태도에 힘이 났다.

"기지는 없어? 아지트라던가." "있긴 한데, 날치기를 하잖아. 한 군데로만 모이는 건 위험해. 그래서 장소가 즉흥적으로 바뀌어." "달리기가 빨라야겠네." "그렇지. 너 빨라?" " 모르겠는데."

재 보자. 눈매가 뱁새눈인 아이가 손가락을 뻗는다. 불 꺼진 빨간 다방 간판을 종착점으로 찍는다. 다른 멤버가 '시이, 작!' 을 끊어주었다. 바람을 가르며 뜀박질 쳤다. 신기한 기분을 느끼며 경쟁심이 솟구쳤다. 달렸었던 적이 언제였는지 기억이 없다. 들숨, 날숨, 들숨 날숨. 헉헉이며 무릎에 손을 올려 놓았다.

보육원. 어른들은 그리 불렀지만 고아원이 더 정다운 음색이었다. 땅딸막한 아이가 거울 앞에 선다. 불투명하게 형상화된 쳌. 얼굴을 지우개로 지운 듯 새하얗다. 어떤 표정을 했는지, 점은 나 있었는지― 기억 상실이라도 걸린 듯 까맣다. 스치는 것은 윗옷에 그려진 회색 코끼리뿐이다. 회색 줄무늬 코를 늘어뜨린 코끼리. 똘망똘망한 눈이었던 것도……. 원장님. 그래, 원장님이었다. 원장님이 좋은 데로 갈 거라며, 괴상한 웃음을 지었던 게 조각 맞추듯 기억났다. 생생하게 가라앉아 있던 앙금에 보풀이 일었다. 씻어내려 가지 못했다. "히가시는 좋겠구나. 아저씨 따라서 좋은 곳으로 가고……." 그후는 알량

한 거짓말을 나불거렸는데.……건드릴수록 따끔따끔한 앙금은 덮어주기로
했다. 앳된 숨소리가 귀 위로 들리었다.

"이야, 날쌘데? 하지만 히카리는 못 당할 걸." "히카리?" "가장 빠른 놈이
야." 히카리(ひかり : 빛). 빛을 능가하는 바람돌이라도 되는가 보다. 달린 아
이는 걸어오는 멤버를 가리키고 "쟤가 히카리야."라고 했다. "대여섯이 걸어
오는데." 불만 투로 비아냥거렸다. 무리와 가까워지자 쉽게 히카리를 찾을
수 있었다. 히카리는 별명이 아니라 실명이었다. 알고 보니 리더였는데, 인상
이 착하고 순한 강아지와 닮아 있었다. 발설하다간 실례일까, 속으로 집어넣
었다.

히카리가 나에게 다시 달려 달라고 부탁했다. 폐가 욱신거려 나중에 뛰기
로 했다.

우리는 대형마트로 들어갔다. 입구에 서 있는 서비스 누나, 누나가 부동자
세로 배꼽에 손을 얹고 있었나. 친절하게 허리를 숙이며 인사한다. 안녕하세
요. 누나 말고는 누구도 친절하게 굴지 않았다. 카트를 끌고 다니는 부녀자
나, 형 누나들 할 것 없이 기피한다. 경멸하는 낌새는 반경으로 떨어지는 사
람들로부터 실감했다. 멤버들의 꼬락서니를 훑어보았다. 그 아저씨만큼 꼬
질꼬질한 옷이다. 반면에 이곳은 반질반질하게 치장된 사람들만 있다. 그들
은 입 꼬리가 올라가는 옷을 뒤집고 쓰고 있었다.

식품 코너에 닿자 솔솔한 향기가 풍기었다. 침이 절로 고인다. 시식 코너에
서 과분한 고기 한 점을 집어 먹었다. 공짜란다. 와구와구 처먹어댔다. 시식
코너를 한 바퀴 돌았다. 오히려 배가 먹을 걸 더 달라고 소리쳤다. 꼬르륵거
리는 배를 가진 건 나만이 아니었다.

훔치기로 했다. 목숨을 부지하려면 설사 절도라도 해야 한다. 그것이 청날 연 제1법령이란다. 진리 같은 법령은 절도를 합리화시켜 버렸다. 그렇게 우 리는 법령을 믿고, 진열된 빵을 쌔볐다.

검은 제복의 사나이가 으르렁거리며 좀비처럼 쫓아왔다. 그림자를 허우적 허우적 밟아대지만 잡진 못했다. 학익진 전법으로 흩어져 따로 튀었다. 학익 진, 무슨 소린지 모르겠지만 나불거려 봤다. 아지트로 집합한 우리는 한 놈이 비었다는 걸 단번에 알아차렸다. 아직 얼굴을 채 외우지 않아서 빈자리를 들 어야 했다.

호리호리하게 생겨먹고 도수 없는 안경을 낀다고 한다. 덧붙여서 우둔해 보인다고 하는데. 뚱한 표정으로 뒤쪽에 서 있던 아이가 떠올랐다. "올까?" "잡혔을 걸." "구하러 가야지." "가자." "출발." 들이박고 보는 저돌적인 결정 이다. 청날연의 시원한 성격에 더 빠지게 될 것 같다.

검은 제복의 사나이가 풀썩 쓰러졌다. 자세히 일컫자면, 으슥한 골목길에 서 뒤통수를 후려갈긴 것이다. 만져보니 뒤통수가 움푹 들어갔다. 골짜기가 생긴 것이다. 부어져 도드라질까 생각해 봤다. 짱구머리가 된다면 슬프겠다. 사나이를 돌봐줄 여력이 없다. 나가떨어진 사나이를 놔두고 인질을 구출해 내었다. 아니, 인질이랄 것도 없지만 그렇게 불러보고 싶었다.

인질의 호칭은 배불뚝이. 배가 툭 튀어나와서란다. 배불뚝이 입가에 빵부 스러기가 묻어 있었다. "배불뚝이, 빵은 어쨌어?" "그, 그게……." 유치한 핑 계는 되레 독이다. 배불뚝은 어눌하게 주절이다 사과를 했다. 화가 살짝 났 다. "괜찮아, 그걸로 된 거다!" 히카리가 배불뚝의 어깨를 다독였다. 한 놈은 하늘을 올려다보며 가가대소했고, 어떤 놈은 못내 아쉬움으로 한숨을 쉬었다. 그러나 누구 하나 배불뚝에게 시비 걸지 않았다. '저 놈이 다 먹었는 데?……' 히카리를 째려봤다. 배가 부르륵 비틀렸다. 배불뚝으로 눈을 돌리 었다. 히카리가 말했다.

"뭐라도 먹으러 가자." "돈 있어?" "지하철에서 한 건 했잖냐." 배불뚝을 쑤 시려던 작정이 가볍게 무너졌다. 그들은 과할 만큼 털털하다. 뒤끝이 없는 성 격. 과연 사내 중에 사내라고 감탄했다. 배가 부르륵 비틀렸다. 청날연은 닮 아가는지, 좋게 좋게 배불뚝을 용서해 주었다.

불난 듯이 수증기로 들끓는 가게. 찜통이 화를 내는 앞으로 쪼로로 섰다. 맛 있는 수증기가 뿜어져 나오고 있다. 옆엣놈이 코를 벌렁벌렁이며 대가리를 내민다. 냄새에 만취당하고 있다. 쩝쩝. 입맛을 다시던 나도 만취돼 버렸다. 주 인아주머니가 나와 반갑게 맞이해줬다. 히카리가 꾸깃꾸깃한 지폐를 내밀었 다. 나도 두 장 합세했다. 어디서 났냐는 질문에, 그냥 뭐……. 둘러댔다.

주먹만한 왕만두를 게걸스럽게 쑤셔 넣었다. 배 속에 거지가 들린 게 확실 하다.

빵빵해진 위를 식힐 겸 쓰레기통을 헤집었다. 시큰한 내가 고여 파리가 꼬 였다. 멤버들은 구릿한 냄새에 저항력이 컸다. 음식물 쓰레기 덮개를 열다가 헛구역질이 나왔다. 나 말고도 두 명이 냄새 때문에 헛구역을 했다. 참을 수 없이 역했다. 덮개를 닫았을 때 소박한 행복을 느낄 수 있었다.

날이 밝고 부스스하게 깼다. 소리가 들린다. 히카리가 벽에 등을 댄 채 무 언가를 불고 있었다. 두 손으로 겨우 가릴 수 있는 원형 모양의 악기였다. 히 카리는 그걸 훈이라고 말했다. 구성지게 울리는 잔잔한 음색에 매료될 것만 같았다. 구멍이 송송 뚫려 있어서, 막으면 톤이 올라가거나 내려간다. 곡명도 모르지만 일단은 좋으니까, 박자를 절로 타게 되었다. 닭 자명종 역할을 하는 훈이 멤버를 차차 깨웠다. 배불뚝도 일어나자 연주가 그쳤다.

"날씨 좋고! 컨디션 좋고!" 에스컬레이터에 탑승했다. 고개를 돌리면 사람들이 우리들과 반대의 방향으로 올라가고 있다. 표정이 없다. 움직이는 계단은 소리도 없다―. 평안한 아침이다. 아저씨들은 세상이 엎어져도, 곯아떨어져 있다. 멤버들이 개찰구를 서성인다. 나는 아저씨들을 지킨다. 사람들이 빠진다. 돈이 쩔렁쩔렁 떨어진다. 혼잡한 틈을 이용해 또 한 번 추격전이 일어난다. 나동그라진 소쿠리. 바닥에 떼굴떼굴 구르는 동전. 땡푼이다. 요리조리 도주의 정석으로 따돌린다. 가지각색이 펼쳐진다. 계단을 재빨리 건너 오른다. 쿠당탕탕. 그 아저씨도 뿔난 도깨비처럼 달려든다. 느리다. 올라와서 골목으로 흩어진다. 가쁘다. 발소리가 따라온다. 그 아저씨다. 내 손에 쥔 돈이 목적인지, 날 잡는 게 목적인지 분간이 안 선다. 폐가 찔린 듯 아프다. 멀쩡한 쓰레기통을 넘어뜨렸다. 뒤에서 우왁한 비명이 터진다. 다급히 주머니에 돈을 우겨넣었다.

숨을 참고 귀를 열었다. 타닥, 타다닥―. 방황하는 듯 슬리퍼를 돌려가며 끌더니 잠잠해진다. 저벅저벅 되돌아간다. 포기? 문 여는 소리가 들렸다. 뒤적이고 있는 것 같다. 철문을 걷어찬다. 언제 이쪽으로 다가올지 운명만 알 길이다. 왼가슴에 손을 얹었다. 두근― 두근―. 숨소리가 여느 때보다 컸다.

공장 문이 열리는 것과 비슷한 소리가 났다. 그후로 별다른 소리가 들리지 않았다. 안심하고 목을 뒤로 젖혔다. 한숨 돌렸다.

어버버, 저녁을 깼다. 냄새가 난다. 기지개를 켰다. 무언가 퐁─ 하고 튀어 올라 얼굴을 팔로 가렸다. 뎅그랑. 아침이 열리었다. 살짝 미간을 찌푸렸다. 플라스틱 원반이 뉘어 있다. 얼른 쓰레기통에서 나왔다. 더러운 내가 배겼다. 침을 몇 번 퉤퉤 뱉어준다. 입을 스윽 닦고 주머니에 손을 넣었다. 쓰레기통을 뒤집었다. 없다. 도망한 경로를 되돌아갔다. 얼굴을 박고 일일이 둘러보았다. 전봇대에 박았다. 머리를 문질러 봐도, 없다. 눈부신 태양이 떠 있었다. 발에 돌을 단 것 같았다.

아지트서 웬 아저씨들이 두 명 있었다. 멤버들과 대면하고 있었는데, 지하철에 노숙하는 아저씨들과는 옷차림에서 차이가 났다. 대형마트 사장 티가 나는 양복이다. 만약에 대형마트와 관련된 사람들이라면 멤버들이 도망할 테다. 도망가지 않은 걸 보니, 그건 또 아니지 싶다. 히카리가 진지하게 그들의 말을 들어주고 있었다. 내가 온 걸 보고 히카리는 잠시 손을 내밀었다. 아저씨들의 목소리가 멈추었다. "누구야?" "인구축소위원회에서 왔다는데." "듣도 보도 못했는데." "일당 10만 원을 준대네." "10만 원? 잘못 안 거 아냐?" 인구축소위원을 올려나보았다. 수용소의 간수 냄새가 났다. 육감이다. 그렇게밖에 표현하지 못하겠다. 그들이 꼭 간수라고 확신할 순 없지만, 기이한 웃음에 가려진 무언가가 있다고 느꼈다.

인구축소를 위해 노년을 행복하게 맞이할 수 있게 도와준다. 우리에게 쥐어진 임무는, 노인감축에 이바지하는 것이었다. 그들은 노년의 수명이 끊겼다는 증거를 보여주면 10만 원을 사례하겠다고 했다. 예를 들어서 목걸이를 빼 온다거나, 손가락 하나를 잘라와도, 신분증을 가져와도 괜찮댄다. 우리는 응했고, 작전을 계획했다. 저녁에 노인의 뒤를 치는 게 좋다는 결론이 나왔다. 집을 향하며 홀로 걷는 노인이란 무방비 상태에 가깝다. 검은 제복의 사나이를 짱구머리로 만들어 버린 것처럼, 손에 감기는 쇠파이프를 구했다. 슬슬 땅거미가 졌다. 히카리가 일어났다. 표정이 그리 밝지 않다. "히가시." "응?" "인구 축소를 명분으로, 할머니 할아버지를 치는 게 옳은 일일까?" "히카리, 어설픈 고민은 독이야." 벽에 기댄 쇠파이프를 내 어깨에 걸쳤다. 차가운 감촉. 붉은 능선을 보며 말했다.

"잘못됐어. 하지만 우리 처지를 생각해 봐. 호락호락한 처지가 아냐. 우리가, 노인을 헤아릴 만큼 그런 여유가 있어?"

히카리는 반문하지 않았다. 못했다고 정정해야 할까, 어쨌든 그랬다. 다 죽어가는 노인의 배때기를 발로 걸어찬다. 억 소리도 나지 않는 입을 짓뭉갠다. 와장창 깨진 안경은 저만치 날아가 주인을 애타게 부른다. 흙더미를 뒤집어쓴 옷가지가 죽어간다. 피가, 피가 뚝뚝 흐르더니 그때처럼 벌게진다. 안락사 하던 공무원을 무찌른 것처럼……. 주머니에서 증거가 될 만한 것을 꺼냈다. 지갑에 신분증. 이참에 이를 깨트려 버렸다. 무너진 장벽에서 몇 개를 솎아냈다. 손질되는 바닷가의 어류 같았다. 해부하지 않았지만 그 정도로 범했다. 어두운 길로 시체를 이겨 넣었다. 물 한 바가지를 붓고 얼굴에 바가지를 씌워 주었다. 우리가 할 수 있는 최소한의 배려였을지도 모른다. 히카리는 작업 내내 뒤에서 지켜보기만 했다. 답답했다. 어설픈 고민으로 10만원을 놓쳐 버리기엔 아까웠다. 아무 말 않았다. 멤버들도 빠른 눈치로써 아무 말 않았다.

인구축소위원은 신분증과 핏기가 남아 있는 온전한 이를 받고 흡족해 했다. 히카리만 빼고 수중에 열 장의 지폐가 들어온 것에 멤버들도 흡족해 했다. 우리는 국숫집으로 가서 빵빵하게 위장을 채웠다. 히카리는 그때도 입맛이 없는 백혈병 환자처럼 젓가락을 끼적여댔다. 나는 철그릇을 옆으로 밀어놓고, 주머니에 든 것을 내놓았다. 주사기처럼 생긴 안락사 한 개다. 멤버들은 웬 주사기라면서 나의 부연을 기다렸다. 몇 초 만에 죽음으로 내모는 주사기라고 이르니, 질겁 놀란다. 배불뚝이 말을 더듬었다. "아, 아아안락사? 그, 그그런……." 나는 다음 계획에 이 안락사를 쓸 것이라고 당부했다. 히카리가 더 없냐고 물었지만, 고개를 저을 수밖에 없었다. 이걸로나마 히카리의 마음이 풀어졌으면 바랐다.

의미 없는 하루가 지났다. 인구축소위원이 어김없이 이곳을 찾아왔고, 수락했다. 저녁이 되기까지 남은 돈으로 오락실에 지냈다. 히카리가 오락을 즐기면서 기분이 나아진 것 같았다. 저녁이 되고 히카리는, 씁쓸한 미소를 지었다. 오락실을 나와 숨겨둔 쇠파이프를 들었다. 히카리가 내 손목을 잡았다. "이번엔 안락사로 끝낸다고 했잖아." 무서운 얼굴로 히카리가 추궁해왔다. "아…… 그랬지." 히카리가 손목을 놓았다. 쇠파이프를 도로 꽁궜다. 애써 내색하진 않았지만, 히카리의 마음이 노골적으로 비쳤다.

안락사를 목에 찔러넣고, 할머니를 눕혔다. 목걸이와 반지, 신분증을 갈취했다. 휴대 전화를 발견했다. 비밀번호가 걸려 있시 않았다. 아늘로 보이는 번호로 전화를 걸었다. "당신이 −아들 되시는 분이십니까? 여기가 −인데, 급한 일이니 속히 찾아오시길 바랍니다." 높낮이가 없는 사무적인 말투로 말했다. 여보세요? 여보세요? 무슨 일입니까? 라는 물음이 제기됐지만 무시하고 끊어 버렸다. 히카리가 손을 내밀기에 휴대 전화를 건넸다. 히카리는 전화기를 할머니 손바닥에 놓았다. 그리고는 손가락을 접어 주었다. 저것이 최소한의 예인가 보다. 히카리는 일어나서 "가자." 고 했다. 복받치는 한 마디였다. 히카리가 앞장서서 걸었다. 가로등 그늘 아래 히카리가 그늘먹하다. 우리가 아는 그 히카리인지, 아니면 히카리(빛 : ひかり) 인지……. 머리가 지끈거렸다. 윗머리를 다섯 손가락으로 주물렀다.

위원 아저씨들이 10만 원을 주면서 제안했다. "현금이 커질수록 가지고 있기 힘들 거다. 이자율이 센 은행을 아는데, 맡겨 보는 게 어떻겠나?" 나는 달갑지 않았다. 그들은 처음부터 믿을 만한 대상이 아니다. 맡기면 어떻게 빼돌릴지 모를 노릇이었다. 히카리도 나와 눈빛을 교환했다. 배불뚝이 그때 나서며 되도 않는 환호를 질렀다. "와, 그러면 우리도 부자 되겠네! 어서 어서 저금하자!" 더욱 어이없는 건, 다른 멤버들도 부자라는 꿈에 혹해 저금을 부추겼다. 히카리가 은근슬쩍 돈을 넣으려고 했다. "아이들도 찬성하는데 가뿐하게 3할은 맡겨 봐. 큰 돈으로 할 것도 없잖아?" 내가 말한 것처럼 오해의 여지가 있을 수도 있겠다. 그러니 오해를 뒤집어 보면 누가 말한지 알 거다. 위원 아저씨가 지껄인 꼬드김이었다. 빼도 박도 못하는 위기다. 멤버들의 분위기가 이렇게 띄워져 있는데……. 히카리의 손이 굳어 있다. 나는 히카리를 등지고 아저씨들과 섰다. 깔끔하게 면도된 턱주가리가 보였다.

"근데 할머니 할아버지를 왜 죽이죠?"

"노인네들이 가장 필요 없잖아. 툭하면 병원비로 물 흐르듯 돈을 떼먹지 않나, 선입견에는 또 얼마나 찌들었는지 원― 변할 기미가 안 보이지. 이런 재활용도 안 되는 노인네들을 살려서 뭐 해? 장기매매로 기증이나 속 시원하게 하면 얼마나 좋냐? 정부에서 이 정책을 통과해주면 참 좋겠는데― 당최 하질 않아. 청원서나 내볼까?"

아저씨가 등허리가 뒤로 휘어져서 넘어질 듯 말 듯 크게 웃었다. 동료 아저씨가 "그만 처웃어라." 라고 다그칠 때까지 아저씨는 웃음을 그칠 줄 모르는 병자 같았다. 얼굴 근육이 땅기는지 볼따구를 손으로 누르면서 아―아―거린다. 유치한 태도를 깨우쳤는지 넥타이를 고쳐 맨다. 뒤편의 아이들이 숙연해졌다. 모래가 황사처럼 뿌옇게 일어나는 것도 가라앉았다. 분위기가 상황을 압도한다. 사바사바하던 기색이 어디 갔는지, 아저씨 태도가 거

만해졌다. "3만 원 이리 내." "싫은데요." 히카리의 호쾌한 거절이었다. 나는 예언자가 된 거 같았다. 지하철… 소쿠리가 나동그라진 일발의 격동기가 전개될 조짐이다. "좋은 말 할 때 주렴. 꼬박꼬박 10만 원을 줬으니까 3만 원을 뺀다고 해도 7만 원 거저먹는 거잖니?" 거잖니. 대단한 가식이 내재된 끝맺음이다. 더불어 대단한 가식이 내재된 얼굴을 들이밀었다. 공포였다고 할까, 단지 흉측했다고 할까. 뒷걸음쳤다. 히카리는 산송장이 되어 굳어 버렸다. 그대로 돈을 뺏겼다. 노련하게 돈을 센다. 정직하게 세 장을 삭감한다. 성인군자라는 되는 양 히카리의 주머니에 일곱 장의 지폐를 꼭꼭 넣어 주었다. 왜 아무런 반항도 못했을까. 아지트는 거미줄이 얽히고설킨 듯 횡량했다. 참으로 위기다.

잠자리에 들었지만, 뒤척이는 멤버가 많았다. 나도 왼쪽으로 돌아눕다, 오른쪽으로 돌아눕다를 반복했다. 히카리가 돌아누워 있다. 아무 말 않았다. 검은 도화지 같은 밤하늘을 보았다. 반짝이는 별, 딱 한 개 있다. 유달리 발광하는 별빛이다. 눈이 저릴 때까지 뜨고 있다, 감았다. 어거지로 눈을 감으며 불편하게 자리에 들있다.

아침이었다. 훈 소리가 들리지 않았다. 일어나서 주위를 둘러봤다. 없다. 왔다리— 갔다리— 둘러봤다. 없다. 상가를 지나쳤다. 역시나 없다. 공동 시계서 긴 바늘이 8을 가리키고 있었다. 어영부영 잠꼬대에서 뱁새눈이 기어나온다. 부은 목소리다. "대장은?" "없어." 조용한 가운데, 나의 낯선 목청에 짐짓 놀랐다. "어디로 갔는데?" "모르겠어." "찾아보자." 뱁새눈은 단박에 일어나서 팔을 치켜들었다. 옆으로 팔을 누인다. 뜬금없는 아침 체조다. 그러는 뱁새눈에게 미안한 소리를 할 수밖에 없었다. "둘러봤는데, 없어." 뱁새눈이 얕게 흔들리는 호흡으로 받아쳤다. "더 멀리서 찾으면 되지." 그 사이 멤버 한 명이 일어났다. 셋이서 구역을 정했다. 되도록 넓게, 혹시나 하는 장소로. 청날연의 관례로 우리는 팔을 뻗어 손등을 포갰다. "청날연 만세!" 다른 멤버들은 나 몰라라 뒤집어 자고 있다. 우린 각자 흩어졌다.

캄캄한 빨랫줄의 이불과 깨진 유리창. 그것이나 저것이나 할 것 없이 위와 아래의 구분은 어려운 문제다. 쓰러진 쓰레기통은 상가로 나와서 내장이 다 삐져나와 있었다. 고양이가 그 속을 마구 헤집는다. 쓰레기통을 툭툭 건드리자 고양이가 꼬리를 우악하게 세운다. 옹졸한 경계 태세다. 바닥을 쿵, 하고 내리까자 도망친다. 깊은 골목길로. 골목길에는 아무래도 없겠지. 고개를 돌렸다. 눈동자처럼 맑고 찬란하게 빛나던 간판도 대형 TV도 죽어 있다. 죽어 있는 거리야말로 아침의 진풍경이다. 이런 데에서 히카리를 찾을 수 있을까, 대뜸 회의감이 들어 자리에 멈춰 버렸다. 자동차 한 대가 지나간다. 윤기가 나서, 외관으로 햇빛이 반사된다. 손바닥을 세워 이마에 댔다.

시간이 지체될수록 회의감이 짙어져 갔다. 속에서 올라오는 답답함을 폭폭 내쉬어댔다. 유리창으로 더러워진 꼴을 비볐다. 비비면서, 실망감이 더해져 갔다. 멤버들의 얼굴을 보자니, 상상이 뻔할 뻔 자여서 더욱 답답했다. 무슨 말을 해야 할까. '못 찾았어.' '얼굴만 더러워졌어.' '아하하하, 헛수고만 했네!' 젠장할. 쉽게 넘어갈 수가 없다. 아니면 털털하게 넘어갈까? 멤버들이라면 그럴 수도 있겠다. 전에 그랬던 것처럼……

뱁새눈과 다른 한 명은 일찍이 돌아온 뒤였다. 다들 내게 눈길을 집중했다. 나는 유감스럽게도 입을 다물고 말았다. 아니, 벙어리가 되었다고 하나. 그렇다. 목에 무언가가 픽, 하고 걸려서 차마 변명을 지껄일 의욕조차 꺼졌다. 하지만 멤버들은 내가 벙어리가 됐어도 내색하지 않았다. 알고 있기 때문에? 고맙다는 말은 나중에, 먼 훗날에 하기로 맹세했다.

　그래서 원점으로 에돌아와, 허탕만 친 셈이다. 빌딩 고층의 유리창으로 반사된 빛이 따갑다. 찬란한 코팅질을 한 차량과 관련 깊은, 그런 비싼 것들이다. 크아. 쭈그려 앉아 땅이 꺼져라 한숨을 가두었다. 우리는 그 시간이 얼마나 될 것인지 아무도, 아무도 몰랐다. 하루가 뚝딱 넘어갔다.

　히카리가 돌아온 건 일주일이 지나고서였다. 히카리는 싱글벙글 웃고 있었다. 손에는 웬 먹을 것이 들려 있었다. 그렇게 하는 말이 "청날연을 해체할 거야."였다. "뭐? 무슨 엉뚱한 말이야?" "백호에 들기로 했어. 너희도 같이 들지 않을래?" 주먹에 힘이 실렸다. 아니 왠지 그랬다. 일주일 동안의 근심이 이 따위의 허사라고 생각하니. 하지만 추스르기로 했다. 참아 보자. 참아 보자.

"여태껏 백호에서 있었던 거야?"
"미안 미안. 거기서 너희 자리를 만들어놓느라 애먹었어. 무턱대고 우리들을 반겨운 조직은 없으니까. 나 고생했다구?"

　히카리는 배달 봉지를 들고 어깨춤을 추었다. "그리고 이런 것도 가져왔다구." 값비싸 보이는 도너츠였다. 허리가 허리를 꼿꼿이 세우고 거드름을 피웠다. "오오오." 멤버들은 히카리를 찬양시 하듯이 외쳐댔다. 히카리가 어서 들 먹으라고 하자, 도너츠로 잽싸게 손이 달려들었다. 나는 뒤편에 서서 히카리를 마주 보았다. "히가시, 안 먹어?" 으으음. 내가 웅얼웅얼하자 히카리가 돌아서 오려는 듯, 방향을 돌렸다. 그러는데— 배불뚝이 벌떡 일어나 도너츠를 검같이 쳐들었다. "백호로 가자!" 여지없는 배불뚝의 선동이었다. 배불뚝이 히카리의 손을 잡고 흥얼흥얼 막춤을 춘다. 히카리도 어쩔 수 없는 분위기에 말려들었다. 나는 머리를 와그락와그락 긁었다. 나참—. 어깨를 들썩이곤 벽에 기대어 앉았다.

히카리가 어느덧 빠져나와 내 앞에 웅크렸다. 손에는 도너츠가 들려 있다. "배 아파?" "아니, 그냥." 일부러 눈을 피했다. 이런 면은 둔하구나. 하늘이 창활하다. "도너츠 좀 먹어." 히카리가 도너츠를 내민다. "됐어." "그러지 말구." 그러더니 입술에 도너츠를 부빈다. 가늘게 눈을 떠도, 히카리는 그만할 줄 모른다. 하릴없이 물었다. 물기만 하고 가만히 있는 걸 뚫어져라 본다. 손으로 도너츠를 우겨넣는다. 나는 반항도 채 하지 못하고 넙죽 볼이 탱탱해졌다. 히카리가 계집같이, 지그시 웃었다. 나는 달달한 설탕 빵 맛에 저절로 턱을 움직였다. 맛있긴 맛있는데……. 이번에도 나만 손해다. 화를 풀어내기로 했다.

백두산 호랑이. 백호로 가는 관문은 험난하기보다 더러웠다. 백호는 하수구와 연결돼 있었다. 그 하구수는 어둑적적한 골목에 있었는데. 골목이 얼마나 캄캄한지 뒤에서 칼 맞아도 범인이 누군지 모를 정도였다. 멤버의 얼굴을 알아보는데 코를 맞대야 알아볼 수 있을 정도였다. 무언가 눈부시게 빛났다. 히카리 손에 무언가가 들려 있었다. "그거 뭐야?" "후레쉬" 히카리는 입에 후레쉬를 물고 하수구 마개를 더듬었다. 뻑, 하며 마개가 들렸다. 히카리가 본보기로 사다리를 탔다. "한 명 씩 들어 와." 깊은 하수구 아래서 히카리의 목소리가 웅웅 울렸다.

후레쉬가 안중에 있다. 마지막에 뚜껑을 닫고 오라는 지시를 받았다. 마지막에서 두 번째인 배불뚝이 지레 겁을 내며 부산을 떨었다. 백호 만세! 하던 패기는 어디에 팔아먹었나. 등을 밀어 버리자 배불뚝이, "아, 안 돼! 하지 마! 하지 마!" —뻗댔다. "두고 간다?" "안 돼!" "그럼 얼른 내려가." 배불뚝이 사다리를 잡고 꾸무럭꾸무럭, 허파가 뒤집어질 만큼 굼뜨게 내려갔다. 밟아 버릴까─. 협박하자, 알았어. 알았어. 갈게. 잘 내려간다. 사다리에 발을 걸고 뚜껑을 닫았다. 사다리의 뼈대가 환하게 비치었다. 후레쉬를 물었다.

지하 바닥에서 다시 모였다. 히카리에게 후레쉬를 건넸다. 히카리가 사방 팔방으로 후레쉬를 놀렸다. 가까이에 수로가 넓죽하게 이어져 있었다. 멤버들이 주춤, 뒷걸음쳤다. "가자." 히카리가 후레쉬를 빛 삼아 걸어갔다.

'백호' 라는 곳은 평범한 지하상가 같았다.

요약하자면, 이 땅은 한국인데 일본에 국권을 뺏겼고 이를 반환하고자 싸우는 조직이란 말씀. 백호원(백호 조직원)은 우리들을 반겨 주었고, 더운 밥 한 끼를 제공해 주었다. 히카리는 훈련실에 간다면서, 강단 근처에 지휘장을 만나 보라 했다. 지휘장 하면 늠름하고 강인하게 생겨 먹은 다부진 체격의 아저씨로 상상이 되었는데 아니었다. 완전 반대의, 앳된 여성이었다. 현명함을 상징하는 듯한 안경을 끼고, 옅은 립스틱을 발랐다. 지휘장은 배를 든든히 채웠냐며 미소지었다. 우리들은 크게 대답했다. 지휘장은 이제부터 어떤 일을 맡을지 나누기로 했다.

크게 정보·회계, 군사, 배급로 나누는데. 나는 컴퓨터가 신기해 정보 회계 쪽으로 찜했다. 배급은 배불뚝만 선택했는데, 요리사가 꿈이었댄다. "먹는 게 아니고?" "그것도 쬐에끔 있지." 배불뚝이 손가락으로 쬐에끔—을 표현했다. 웃음바다가 되었다.

컴퓨터를 배우기 전에, 우리는 한국사를 배웠다. 시멘트만 발라져 서늘한 공기가 바닥을 누비는 방이었다. 옹기종기 모여 경청했다. 아무튼 일본은 열등감에 젖어 대단한 악행을 저질렀다는데. 일제강점기처럼 제한형일시대에도 치밀하게 한국을 점령하고 있다고 했다. 대표적으로 민족분열정책인데,

한국인이 서로 싸우도록 만드는 것이었다. 이중에서는 역사를 왜곡해 정체성을 흐트리려는 성질도 있다. 일본인의 정체성을 갖든가, 아니면 주변인처럼 동화되지 못하는 쓰레기로 전락하든가. 이로써 역사를 반드시 알아야 한댄다. 역사를 잊은 민족에게 미래는 없다고.

뱁새눈은 어찌 그런 나쁜 짓을 저지를 수 있냐며 분통을 참지 못했다. 나는 턱을 괴고 뱁새눈을 보았다. 나도 이해 못하는 건 아니다. 하지만 이럴수록 이성을 갖고 침착하게 맞서야 하는 게 독립의 지름길이 아닐까. 같이 화내는 배불뚝을 지켜보았다.

선생님이 일본 이름을 쓴다면 바꾸길 권했다. 히카리는 김일태로 바꾸었고, 나는 최한규로 개명했다. 최한규 최한규. 낯간지럽게 들렸다.

"너 컴퓨터 써본 적 있어?"
"없을 걸요."

컴퓨터를 사용해 본 적이, 있었나? 가물가물하다. 옛 기억은 삼켜두기로 했다. 프로그래머라는 직업을 가진 아저씨가 멤버들에게 컴퓨터 사용법을 가르치고 있다. 나도 하나부터 열끝까지 배우고 있는데 비교적 수월하다. 멤버들은 '그것 하나 못 하나며' 욕 먹기 일쑨데, 나는 C언어를 몇 시간 만에 뗐다. 아저씨들은 인재가 나타났다, 며 내 머리를 쓰다듬었다. 개가 된 것 같았다. 지휘장이 갑작스레 다가와 내 손금을 보았다. "너, 범상치 않은 손금이구나. 장차 큰일은 하겠어." "그래요?" 뭔 개뼈다귀 소리인지 모르겠다. 그냥 좋은 거라고 받아들였다.

계단식으로 첨벙첨벙 날로 느는 실력에, 아저씨가 이제 때가 되었다고 했다. "정보 쪽으로 갈래, 회계 쪽으로 갈래?" 정보와 회계의 장단점을 알아보고, 정보 쪽으로 흐르기로 했다. 정보에서도 분류해서— 해커로 일단락 정했다. 마음에 안 들면 언제든지 바꿀 수 있댄다. 프로그래머 아저씨는 떠나고, 해커가 나를 가르쳤다. 일류 해커라던가? "넌 뇌가 비어서 뭐든지 흡수되는 것 같다." "그래요? 좋은데요?" 해커 씨의 비꼬는 말에도 나는 긍정적으로 대응했다.

시험 삼아 옆 컴퓨터에 침입해 보았다. 블루스크린이 떴다. 멤버가 절규하면서 머리를 싸맸다. 내가 사과를 했다. 어서 복구를 시도했다. 데이터가 없다. "이런." 해커 분이 내 머리를 콩, 쥐어박았다. "백업은 하고 살자." 그 뒤론 백업의 일상화가 손에 배었다. 난 절대 데이터가 싹 날아가서 쫓겨날 위기에 처했다고 말 못 한다.

히카리. 아니, 일태. 일태는 등이 다 젖고 땀을 삐질삐질 흘리고 있었다. "히가시. 요즘 잘 나간다며? 이제는 최한규인가?" 개명이 너도 나도 익숙하지 않다. 일태는 멤버들과 여러 잡담을 나누고 급식소로 갔다. 일태의 등을 보며 다소 괴리감을 느꼈다. 하는 일이 다르니, 점점 멀어지는구나. 일어나서 지하를 나왔다.

하수로 통로는 비상구였고, 통상적으로 출입하는 곳은 계단이었다. 계단을 올라가면 창고가 나온다. 공장 창고다. 공장은 전자 기기에 들어가는 부품을 제조하고 있었다. 웅장한 소리가 밤낮없이 고동친다. 지하에서 들려오는 냉장고 쿨러 돌아가는 소리의 근원이 저거다. 브로커가 팔을 흔들었다.

"한규 안녕? 어디가?"
"어, 항상 오랜만이다. 바람 냄새 좀 맡으러 나왔지."

백호와 공장을 이어주는 브로커. 젊은 청년인데, 나이가 엇비슷해 말을 놓았다. 공동작업을 하는 것도 아니라서, 항상 인사로만 끝난다. 미안한 점으로 생각해 한 번은 그와 몇 분간 대화를 나눈 적이 있었다. 그는 말주변이 능수능란했고, 누구나 좋아할 법한 사람 좋은 웃음을 지었다.

자신의 아버지는 일본인인데, 어머니는 한국인이라고 했다. 아버지는 어머니를 떠났다고 한다. 자신을 키운 건 어머니뿐이라고. 아버지는 실상 없다고 했다. 서글픈 사연이었다. 길바닥에 버려진 고아들의 거의 다 한국인의 피가 흐른다고 해도 과언이 아니라 했다. 근거로 들자면 일본인 부부 가정의 자녀는 꼬박꼬박 지원해 준다고…….

공장을 나섰다. 오랜만의 정다운 태양이다. 인간 광합성! 비타민 D를 생성하는 소리가 들린다. 라고 하면 당연 공갈일 테다. 후아아암−. 느긋하게 하품을 벌리었다. 눈물이 찔끔 났다. 눈을 떴는데, 저기서 특별한 종이가 바람에 실려 오고 있었다. 들어보니 숫자가 찍혀 있었다. 가로 세로로 5 5의 형식이다. 로또? 어디서 들었더라. 모르겠다. 기억나지 않은 것들로 머리가 복잡하다. 제대로 된 과거가 없다. 종이를 구겨 쓰레기통에 던졌다.

"한규 한규, 전자기기 금지법이 통과됐대."
"앙? 냉장고도 못 쓰고, 컴퓨터도 못 쓰게 되는 거?"
"아니, 컴퓨터 같은 연결 매체만 차단한다는대?"
"거 무슨 시답잖게 개미 구워 먹는 소리야."
"내 말이."

백호의 분위기가 엄숙해진 걸 느꼈다. 훈련 받던 멤버들은 해커나 프로그래머에게 자리를 뺏겼다. 해커와 프로그래머 아저씨들은 무지 급하게 키보

100

드를 놀렸다. 군사 관련 백호원들이 훈련실에서 나왔다. 무장한 채로 백호를 줄줄이 빠져나갔다. 일태도 보였다. 멤버를 슬쩍 찔렀다. 전쟁이라도 났나? 했더니 "시위하러 간다든대" "전자기기 금지법 때문에, 군사까지 동원해?" 아니, 아니 이럴 게 아니다. 빈자리에 앉았다. 금지법에 따라 차단된 걸 두 눈으로 똑똑히 보았다. 인터넷 연결 실패. 아이피를 돌려 연결 시도를 했다. 됐다. 아니, 끊겼다. 간파당했다. 어떻게 해야 하지? 옆자리의 해커를 보았다. cmd를 실행하고 일정한 패턴으로 숫자를 기입하고 있다.

전 컴퓨터가 끊겼을 리는 만무하다. 한국인 전자기기 금지법이라면, 일본인은 아니라는 것. 이로써 일본인의 아이피로 침입하면 가능할 것이다. 공유기 아이피를 들쑤셔서, 암호를 알아내야 한다. 반복적인 노동이 될지도 모르겠는데. 옆 해커가 "됐다!"며 인터넷 창을 띄웠다. 차례로 저편의 컴퓨터에서 함성이 터졌다. 나도 키보드에 손을 올렸다. 저것쯤이야, 누워서 떡 먹기지. 떡 먹기? 체할 텐데. 몰라! 모른다는 말에 넌더리가 났다. 손끝에 힘이 실렸다.

기어이 해킹에 성공했다. 외국 포털로 들어가 기사를 검색했다. 한국인 전자기기 금지법이 나와 있지 않다. 정부 측에서 입막음을 한 걸까? 외국 포털인데? 일본 아이피라면 가능하다. 일본을 전제로만 은닉했다면 말이다. 하지만 구차한 짓이다. 이득이 없는데, 왜 막았지? 나는 다른 포털로 옮겨 다녔다. 입막음 당하지 않은 곳이 있었다. 시위대가 쏟아져 나와 손을 번쩍 쳐든 기사가 실려 있다. 얼굴 외관상 한국인이 맞다. 내용을 보니, 이렇다.

대한민국. 전국 시위? 이유는 전자기기 금지법. 시위대의 반이 게임 중독자들……. PC방에서 나와 인터넷 재연결을 외치고 있습니다. 이틈에 한국비밀결사대가 끼여 동참 중이라, 타 포털 사이트에서 보도했습니다. 이 중에서는 정부에 사적인 불만을 품었거나, 친일파도 섞여 있다고 전해집니다. 친일파가 시위대를 와해시키려는 것 같습니다. 현재 언론에 의하면 화염병을 던져 거리를 불지옥으로 만들고 있다고 합니다!

기사는 내용을 실시간으로 메꾸고 있었다. 기사를 껐다.

청와대(홍와대)로 접속했다. 먹통이었다.

예수천국 불신지옥

아빠는 아직 갈 때가 되지 않았지요만 가고 말았습니다. 아빠의 몸은 젤리처럼 살살이 분해되었습니다. 오빠는 아무 말이 없었습니다. 오빠의 친구들이 와도 전혀 슬픈 기색 없이 딱딱한 표정으로 아빠 곁을 지킬 뿐이었습니다. 그런데 더 황당한 일은 심부름꾼이 찾아온 것이었습니다. 심부름센터에서 온 심부름꾼은 재산을 요구했습니다. 아빠가 동무에게 빚을 졌다고 합니다. ……빚은 상당했습니다. 차마 이자도 갚기 막급한 액수였습니다. 심부름꾼이 동무에게 듣기를, 복권 1등이 되었다면서 노는 중에 뛰쳐나갔다고 합니다. 그리고 교동사고로 사망. 복권은 현장에서 발견되지 못했고, 우리가 그 복권을 가지고 있다고 생각하는 것 같았습니다. 의심받고 있는 것입니다.

오빠는 지갑에 든 지폐를 몽땅 건넸습니다. 다음에 오시면 어떻게든 마련하겠다며 돌려보냈습니다. 심부름꾼은 순순히 물러가주었습니다. 오빠는 간호원을 불러놓고 저와 함께 집으로 갔습니다.

발단은 악독한 사장이 아닐까 싶습니다. 아빠는 늙은 한국인 회사원이라는 이유로 해고가 되었습니다. 물론 이런 걸로 해고하기에는 유치한 면이 없지 않아 있습니다. 아빠는 회식자리에서 그만 여직원을 추행하고 말았습니다. 순전히 아빠의 잘못도 있지요만 억울한 건 일본인인 동료는 오히려 승급

했다는 것입니다. 같이 추행했음에도 한 명은 해고를 당하고 한 명은 승급하다니요. 화가 나는 일이 아닐 수 없습니다. 창씨개명이 살 길이지만 아빠는 무척 고지식한 사람이라서 절대로 그러지 않았습니다. 교과서엔 한민족은 약해서 두 번이나 식민지가 되었다고 합니다. 하지만 아빠는 왜곡되었다면서 제때 숙청 못한 친일세력에 또다시 국권을 빼앗기는 참사가 일어난 거라 설명했습니다. 이 말은 누구에게도 발설치 말라고 신신당부받았습니다. 그러지 않으면 우리가 힘들어진다고 해서, 나는 입을 꼭 다물었습니다.

오빠는 밥맛이 없다고 했습니다. 나 혼자 밥을 먹었습니다. 오빠는 시큰둥하게 리모컨으로 TV를 껐습니다. 수저가 그릇을 박박 긁습니다. 물컵을 기울였습니다.

"죽자."

나는 잘못들은 게 아닌가 하고, 그만 사레가 걸릴 뻔했습니다. 일시적으로 목구멍이 꿀렁이는 고통에 눈물이 맺혔습니다. 오빠는 내 등을 두드려주면서 귓가에 입을 댔습니다. 나는 어떤 소리가 들릴지 궁금하면서도 답을 예상했습니다.

"죽어버리자."

등을 다져주던 손이 미끄러져 제 손을 붙들었습니다. 저는 뜨거운 공포를 느꼈습니다. 앞이 어지럽고 희끗한 현기증에 정신이 풀린 것 같았습니다. 사람의 눈이 아닌 듯한 동공을 보자 번쩍하고 각성이 되었습니다. 뿌리치려 했지만 너무나 억센 악력이었습니다. 이대로라면, 정말로 위험할 것 같았습니다. 그러나 연약한 저를 밖으로 밀어내었습니다. 복도 가득 비명을 질렀지만 열리는 호를 찾을 수 없었습니다. 어둑어둑한 계단에서 버팅겼지만 조금씩 한걸음한걸음 내디디고 있었습니다. 어떡하면 이 위기를 모면할 수 있을지를 고민하다 옥상에 도착하고 말았습니다.

달이 보이자 돌같이 굳어 있던 조임과 동시에 오금도 풀리었습니다. 내가 손목을 주무르는 동안 오빠는 난간과 가까워졌습니다. 오빠가 뒤돌아섰습니다. 설푸름한 달빛으로 오빠의 얼굴이 반만 보였습니다.

"은아야, 살고 싶어?"
"……."

나는 차마 답할 수 없었습니다. 하지만 적어도 죽고 싶지는 않았습니다.

"오빠는 먼저 갈 테니 뒤따라오는 건 네 마음이야."

통장 번호를 알려주는 오빠가 너무나 미웠습니다. 어쩜 이리도 무책임할 수 있는지. 나는 어금니를 꽉 깨물고 일어섰습니다. 몇 칸밖에 보이지 않는 옥상 계단을 내려갔습니다. 어둠 속에서 오로지 느낌에 의지하면서 내려갔습니다. 듣기 흉한 울음이 자꾸 나서 입을 틀어막았습니다. 앞이 흐려졌습니다. 보이지도 않는 암흑에서 눈물을 자꾸 훔쳐내었습니다. 그러다가 쿵, 하는 소리가 나면 어쩌나— 저는 귀를 막고 싶었지만 하다간 고꾸라질지도 모른다는 생각에 어서 안전대를 잡으며 내려갔습니다.

현관문을 열고 방바닥에 주저앉았습니다. 보일러 켜지지 않은 차가운 바닥입니다……. 신발을 벗고 침대에 풍덩 뛰어들었습니다. 조용합니다. 아빠 없는, 오빠 없는 집. 나는 깊은 잠에 들고 싶었지만 어쩐지 불면증 환자가 된 것 같았습니다.

아스팔트를 강하게 때린 듯한 격한 울림이 느껴졌습니다. 하늘의 천종이 치는 둔탁한 울림이. 나는 이상토록 떨리는 다리를 달랬습니다. 장롱에서 옷가지를 꺼냈습니다. 창고에서 배낭을 꺼내 옷가지를 담았습니다. 큰방에 들어가 이미 쓰지 않는 화장대의 서랍을 뒤적였습니다. 때묻은 통장이 두 개 나왔습니다. 번호를 새롭게 떠올렸습니다. 나는 귀신에 홀린 양 나갈 채비를 서둘렀던 것 같습니다. 무거운 배낭을 벽에 세워두고 침대에 얼굴을 파묻었습니다. 어지러운 피로가 이제야 몰려왔습니다. 답답한 마음에 여행이라고 가는 아이처럼 빨리 집을 나왔습니다.

갈 곳은 없습니다. 교회를 갈까 싶습니다. 고아를 보살펴주는 베풂의 신앙을 잘 실천하는 곳이지 싶습니다. 신변도 보호할 수 있을 것 같았습니다.

붉은 빛을 토해내는 십자가는 떠 있는 별보다 더 심심찮게 발견할 수 있었습니다. 집과는 거리가 있으면서도 시설이 잘 돼 있는 곳을 찾아다녔습니다. 그러나 교회라 불리우는 곳 치고 그다지 믿음직한 곳은 없었습니다. 배낭 무게에 짓눌리는 어깨 때문에 저는 하릴없이 보이는 것 중 가장 가까운 교회에 머물기로 했습니다. 여느 곳과 다를 것 없이 목사님은 친절했습니다. 목사님이 직접 거처로 안내해 주셨습니다. 그리고 나선 가방을 벗겨주고 나서 급식소로 저를 떠밀었습니다. 다소 강압적인 태도였습니다. 저는 아무렇지 않게 떠밀려왔지만 내심 불안했습니다.

급식소의 광경은 작은 노숙자를 모아둔 듯 자신들의 것을 게걸스럽게 먹어치웠습니다. 나도 혹여나 그런 흉측함으로 나의 것을 지켜야 하나 싶었지만 그냥 똑바로 수저를 들었습니다. 철 그릇이 다분한 쇳소리를 냅니다. 귀가 곤두서다 막 아이의 울음소리가 들리었습니다. 퍼먹던 아이들은 각자 소리를 찾아 고개를 돌리었습니다. 그러다 관리인으로 보이는 중년 여자가 나타나 울음을 그치게 했습니다. 방법은 꽤 충격적인데. 무려 귀싸대기를 날리는 방법으로 울음을 봉인한 것입니다. 나는 눈을 뗄 수 없었지만 아이들은 반대로 조용해져서 밥먹기가 수월해졌나 봅니다. 이건 좀 아닌 것 같아서, 나는 음식을 버리려고 일어났습니다. 그런데 갑자기 맞은편의 아이가 희번덕 물었습니다.

"내가 먹어도 돼?"

나는 선뜻 식판을 내밀어주었습니다. 아이는 히— 웃으며 내 그릇의 내용물을 자기 그릇에 부었습니다.

방에 가보니 다른 아이들이 있었고 저는 불청객이 된 듯 했습니다. 한 아이가 저에게 다가오더니 물끄러미 쳐다보는 것이었습니다. 나를 쳐다보는 아이 말고도 다른 아이도 몰골이 수척했습니다. 움푹 패인 볼살은 그들이 얼마나 굶주렸는지 알 수 있었습니다. 나는 어색하게 '안녕' 이라 말했습니다. 아이도 형식적인 인사말을 꺼내고 자신을 김아름이라 소개했습니다. 저도 저를 송은아라고 말했습니다. 아름이는 자신과 다른 제 모습이 신기했나 봅니다. 제 볼살과 팔을 만지작거리며 까르르 웃었습니다.

"너도 고아야?"

내가 고아라니. 이질적인 단어였습니다. 아빠도 죽고 오빠도 없고, 난 고아가 된 것이었습니다. 나는 망설이다 맞다고 했습니다. 아름이는 대뜸 자신의 배경을 말했습니다. 나는 아깃적에 이 교회 앞에서 버려져 있었다고 해. 천사 같은 목사님이 날 발견하고 교회로 나를 안고 들어오셨나 봐.

흔한 잉여청소년이었습니다. 과출산으로 낳은 아이 중 하나인 것입니다. 이제 그들과 같은 생활을 하게 된다니, 감응이 없습니다.

새벽 여섯 시에 우리는 예배를 하러 모였습니다. 다 같이 기도를 드리는 것에 나도 따라 했지요마는 이해할 수는 없었습니다. 목사님이 성경을 빌려주었습니다. 한 장이 거름종이같이 얄팍했습니다. 할 것도 없어 나는 이해도 못할 성경을 넘기기 시작했습니다. 성경을 읽을수록 세뇌가 되는 것 같았지만 나에게는 의심이 남아 있어서 괜찮았습니다. 가장 믿을 수 없는 건 하나님의 존재 여부였습니다. 나는 아름에게 소곤소곤 물어보았습니다. 그러더니 아름이가 무어라 유창하게 말하는 것이었습니다. 주절대는 논리에는 모순이 서려 있어서 결국 나는 불신하고 말았습니다. 그러나 이곳을 나가기에는 나는 노숙자나 다름없는 형편이었습니다.

내가 배낭을 찾으려고 했지만 방에서 찾을 수 없었습니다. 아름에게 물었지만 그런 건 처음부터 보이지 않았다고 합니다. 목사님에게 가자 신경이 날카로운 듯 보관하고 있다 합니다. 달라고 했지만 목사님은 이상한 언변으로 주질 않았습니다. 신앙심이 부족하다던가요. 이딴 이유로 목사님은 제 어깨에 손을 짚으시더니 몸을 밀착하는 것이었습니다. 엉덩이에 불쾌한 느낌이 나서 도망치려고 했지만 힘이 강해서 벗어날 수 없었습니다. 목사님은 나에게 신앙심을 부여하는 의심이라는 궤변을 지껄였습니다. 나는 성경을 정독하겠다는 구실로 자리를 뜰 수 있었습니다.

방에서 가만히 성경을 읽고 있는데 밖에서 인기척이 느껴졌습니다. 하지만 아무리 기다려도 방문이 열리지 않자 제가 나가보았습니다. 아름이 말고 방을 같이 쓰는 아이가 서 있었습니다. 아이는 울보가 되어 있었고 다리 사이로 피가 흐르고 있었습니다. 아이에게 물었지만 어깨만 들썩이며 벙어리처럼 울을 뿐이었습니다. 뒤이어 아름이가 이마에 송글송글한 땀을 흘리며 달려왔습니다. 하이얀 수건으로 우는 아이의 발목부터 피를 닦아주었습니다. 수건은 얼룩덜룩한 장미처럼 되어갔습니다. 빨래터로 가자며 등을 떠밀었습니다. 교회의 빨래터는 빨래 겸 목욕의 기능을 하였습니다.

"수현아, 팔 좀 들어봐."

은연중에 아이의 이름이 수현임을 알게 되었습니다. 수현이 팔을 들어 올린 사이 아름이가 옷을 벗기었습니다. 나는 장미가 된 수건을 박박 빠는 일을 맡았습니다. 다 빨고 난 후에 아랫도리가 빨간 옷도 아름이가 주었습니다. 나는 그것도 빨고 난 후에 물기를 빼려고 일어났습니다. 그 순간 바닥에 물이 튀어 고개가 절로 갔습니다. 수현의 노골적인 외선이 보였습니다. 갈비뼈가 훤히니 보이고 아프리가 빈민처럼 다리가 가늘었습니다. 아름이는 물 한 바가지를 퍼서 수현의 머리에 부었습니다.

"엇."

나는 불편한 인기척이 들어 재빨리 뒤돌았지만 아무것도 없었습니다.

아름이가 방문을 잠갔습니다. 우리는 수현일 가운데에 앉히고 침대에 걸터앉았습니다.

"수현아, 말해 봐. 목사 짓이지?"

천사 같은 목사님이라고 했던 아름이의 입에서 저런 말이 튀어나온 걸 보니 단단히 화가 난 것 같았습니다. 수현인 목사라는 말에 벌써 눈물이 글썽고였습니다. 세상에 별종이 많구나 해서— 나는 배낭 찾기에 더 강한 의욕이 솟았습니다. 배낭도 찾고 여차하면 아름이와 수현이도 데리고 나올 생각이 생겼습니다. 여기에 박혀 있다면 순결을 빼앗기긴 시간 문제일 뿐입니다. 방을 박차려는 아름일 말렸습니다.

"어딜 가려구?"
"은아, 너도 알잖아. 응?"
"감정에 휘둘려선 위험해져."

나는 아름이와 방 밖에서 계획을 말했습니다. 미간이 찌그러져 있던 아름이가 밝은 미소를 지었습니다. 비록 갈 데가 없다는 막연함이 뻥 뚫리지 않았지만 그런 건 탈출 후 가능할 거라 믿었습니다. 일단은 배낭을 찾기로 했습니다. 나는 운동장을 헤집은 결과 철사를 구할 수 있었습니다. 이 철사를 구부려 사무실을 딸 것입니다. 아름이는 쇠막대를 어디선가 마련했습니다. 만약을 대비해 목사를 후려칠 용기도 있는 듯했습니다.

"잡히면 어떡해."

수현이는 나가려고 하지 않았습니다. 목사에게 당한 충격이 큰 것 같습니다.

"여기 있다면 더 심한 짓을 당할 거야. 탈출에 실패하더라도 해보지 않고

110

서는 모를 일이잖아."

　더구나 일은 우리가 다 치를 거야. 수현이 너는 달리기만 하면 돼.

　좀처럼 잠이 오지 않아 시계 바늘이 똑딱이는 소리가 컸습니다. 주머니에서 철사를 꺼내 각이 잡힌 데를 어루만졌습니다. 심심풀이로 자물쇠를 따던 때의 기억을 떠올렸습니다. 그때의 기술을 다시 써먹을 줄이야. 그래도 확률이 있다는 불안 때문에 손이 떨렸습니다. 어서 두 시가 찾아오기를 손꼽아 기다렸습니다. 아름이도 이불을 뒤척이며 기다리는 듯합니다.

　수현이를 깨워 문틈으로 대문을 지켜보도록 했습니다. 아름이와 저는 도구를 들고 방을 빠져나왔습니다. 운동장의 모래 밟히는 소리가 컸습니다. 바람은 제법 살랑이었고 달빛은 적이 발하였습니다. 혹시나 목사가 나무 뒤에 숨어 있지 않을까 나무를 유심히 관찰했습니다.

　목사의 방, 사무실의 열쇠 구멍에 철사를 쑤셨습니다. 아름이는 쇠막대를 가슴팍까지 추켜올린 채 사방을 경계했습니다. 저는 아름이 덕에 안도감을 느꼈지만 한편으로는 손이 무척 떨리어서 주저앉고 싶었습니다. 철사를 빼냈습니다. 심장박동이 급해졌습니다. 부드럽게 철사를 집어넣었습니다. 짤깍, 손잡이를 돌리자 문이 열렸습니다. 무의식적으로 숨을 참고 있었던지라 약간 현기증이 돌았습니다. 뒤에서 누군가의 손길이 어깨를 받쳐주었습니다.

　"괜찮아?"
　"으음, 어지러울 뿐이야."

불을 켰습니다. 선반에 서적이 빽빽이 우거져 있었습니다. 하나 같이 신에 대한 제목이었습니다. 고급 목재로 깎아 만든 듯한 탁상에는 목사의 이름표가 떡하니 올려져 있었습니다. 뒤에는 볼품없는 화초가 답답한 숨을 마시고 있었고, 옆으로는 문이 나 있었습니다. 철문, 한 번 들어와 본 적이 있었기에 더 눈에 잘 들었습니다. 몇 번 살펴보다 나는 의자를 빼고 탁상 서랍을 뒤졌습니다. 나는 아름이가 문 뒤로 숨는 걸 보았지만 내색하지 않았습니다. 꿍꿍이가 있는 것 같지만 내겐 열쇠 찾는 것이 급선무였습니다.

교회를 꿰뚫 수 있는 열쇠 뭉텅이를 찾았습니다. 친절하게도 나무판자로 엮인 뭉텅이에 '창고'라고 써진 열쇠를 찾을 수 있었습니다. 이번에는 손을 떨지 않고 문을 열었습니다. 예감으로는 배낭이 이곳에 있을 것입니다. 벽을 더듬어 전등을 올렸습니다.

커다란 금고가 박혀 있었건만 안중에 들지 않았습니다. 오로지 저의 배낭을 찾을 뿐입니다. 먼지 냄새가 한껏 고약한 곳이었습니다. 저는 앝게 숨을 쉬면서 노란 플라스틱 통을 헤쳤습니다. 귀엽게도 가방은 저속한 은닉을 하고 있었습니다. 가방 끈을 들어 올렸습니다. 본래 그대로의 무게입니다.

창고를 나왔습니다. 그때였을까요. 다급하게 뛰어오는 소리에 나는 숨지 않고 얼고 말았습니다. 목사일까요. 뛰어오는 소리로 봐선 그런 것 같지 않습니다. 다른 사람이라도 이런 짓을 들켜선 안 됩니다. 나는 가방을 탁상 밑으로 집어넣고 모습을 감추었습니다. 약한 호흡이었습니다.

"목사가…… 목사가 오고 있어!"

틀림없이 수현의 목소리였습니다. 나는 눈을 탁상에 걸쳐 수현임을 확인했습니다. 나가기를 두려워 한 수현이가 이다지도 적극적이라니. 나는 수현의 행동에 사소한 감탄을 표하고 싶었지만 제쳐두기로 했습니다. 겹쳐 들리던 발자욱 소리가 심상치 않더라니. 여기로 오라는 손짓을 했습니다. 수현이 발을 떼려는 찰나 뒤에서 악마가 등장했습니다. 어김없는 목사였습니다. 목사는 한 손으로 수현의 팔목을 붙잡고서 남은 손으로 입을 틀어막았습니다. 목사는 배낭을 창고에 넣으라고, 윽박을 질렀습니다. 그는 더 이상 인간이라고는 볼 수 없는, 오빠의 마지막과도 같은 얼굴을 하고 있었습니다. 나는 성질을 돋우기 전에, 고분고분히 배낭을 원장소에 두었습니다.

깡‒ 하는 쇠막대와 짤막도롬한 억, 소리가 들렸습니다. 창고를 나왔을 때에는 목사의 눈깔이 흰자로 뒤집히면서 탁상을 향해 넘어지고 있었습니다. 그 순간을 아름이는 아직도 경계를 풀지 않고 있었습니다.(쇠막대를 꽈악 꼬나 쥐고 있었습니다) 유리가 설탕처럼 부서졌습니다. 어디선가 진한 핏물이 흘렀습니다. 수현이가 한 박자 늦게 함성, 아니 비명을 질렀습니다. 제가 보기엔 두려움이 가시지 않은 것 같았습니다. 아름이는 수현이의 입을 막았습니다. 저는 배낭을 매고 나서 숨이 멎은 목사의 품에서 열쇠를 훔쳤습니다. "딜리자!" 애들을 데리고 대문을 향해 달렸습니다. 생애에 가장 열심히 달린 듯한 단거리였습니다.

밖의 가로등이 열쇠를 비춰주었습니다. 운 좋게도 열쇠에 달린 이름은 없었지만 딱 맞게 맞물렸습니다. 들어오는 것과 나갈 때의 시간이 이리 짧은 건 저뿐일 것입니다. 우리는 도로가로 가서 택시를 잡았습니다. 개인택시였습니다. 이 밤중에 운전하는 기사라면 거진 한국인입니다. 우리는 지하철역으로 갔습니다. 도착했을 때에는 피곤했는지 저도 껌벅 졸고 있었습니다. 택시로 시간을 알아볼 제엔 4시를 조금 넘고 있었습니다. 우리는 지하철로 내려갔습니다. 김밥 파는 아저씨가 설렁설렁 돌아다니고 있었습니다. 먹고 싶은

대로 골라 의자에 쪼로롬 앉았습니다. 배가 든든해지니 잠이 쏟아졌습니다. 우리는 좀 더 붐빌 때까지 기대어 잠을 청했습니다.

시내랄 것도 없는 초라한 상가에서도 옷집은 있었습니다. 대단한 브랜드는 아녔지요마는 어쨌든지 갈아입는 게 최우선책이라 문을 열고 들어갔습니다. 점원은 친절하였습니다. 그만큼 잘 팔리지 않는 듯합니다. 우리는 옷 한 벌을 맞추어 입고서 허름해진 옷은 쓰레기통에 넣었습니다. 배낭에 옷을 쓸데없이 많이 넣은 것 같았습니다. 구제 가게로 가서 싼값에 팔아넘기었습니다.

아침을 일찍 먹은 우리는 눈에 가는 영화관을 찾았습니다. 조조할인이 되는 시간대였고 한산한 대기실을 볼 수 있었습니다. 대★자 팝콘을 샀습니다만 영화를 보기도 전에 반을 먹어버렸습니다. 우리는 콜라로 간식을 대신했습니다. 희미한 불도 꺼지고 나서 스크린이 제대로 눈을 떴습니다.

언뜻 존 듯했습니다. 수현이가 보이지 않았습니다.

“아름아, 수현이는?”
“화장실 갔어.”
“그래?”

나는 또 졸고 말았습니다.

꿈인지 생신지 판가름이 어려운 것처럼, 나는 누군가의 흔들림에 깼습니다.

“언니 잠 와?”

수현이 물었습니다. 아니, 다 잤어.

먹을 만한 곳을 찾는 중이었습니다. 무언가 거창하게 홍보하는 확성기 소리가 들리었습니다. 무료 관람에 솔깃해서 속는 셈치고 들어가 보았습니다. 홍보물을 보니 연극이었습니다. 이름은 노인공격이었고, 문란한 세태를 우습게 풍자한다는 비교적 간단한 내용이었습니다. 사람들은 점점 몰려들었고 서 있는 사람도 있었습니다. 시작되기 전에는 무척 분다왔지만 막이 올려지고 나서는 누구도 입을 열지 아니하였습니다.

배우는 깃털 같은 발놀림으로 강단의 중앙에 섰습니다. 진한 고동색의 웃는 할아버지 탈을 쓰고 있었고, 개량 한복을 차려입고 있었습니다. 할아버지 탈을 쓴 사람의 손은 젊어 보였습니다만, 그는 할아버지 목소리로 말하였습니다.

"여러분, 안녕하신지요! 어허허허!"

관객은 맞받아 호응했습니다. 아름이도 수현이도 말입니다. 배우는 우리가 지루하지 않게끔 설명을 간단히 마쳤습니다. 그리고 본격적으로 배우들이 등장했습니다.

〈중략〉

"경찰이 나타났다! 신속히 오른쪽 출구로 대피!……"

입구에서 나타난 관리자는 대피, 라는 말을 남기고 쓰러졌습니다. 제복을 입은 경찰이 관리자를 친 것입니다. 경찰의 일본도는 생생한 피가 흐르고 있었습니다. 이어서 경찰이 계속 쳐들어왔습니다. 객석은 아수라장이 되었고, 우리는 오른쪽 출구로 달려갔습니다. 출구는 만원이 되었지만 부대끼면서 나올 수 있었습니다. 줄지 않는 사람들 틈에서 문득 뒤를 돌아보았습니다. 수현이가 보이지 않습니다. 도로 되돌아갈 수도 없는 상황이었습니다. 나는 빨리 사람이 빠지길 걸었습니다. 그러나 트인 도로에서 간간한 피투성이 시체를 볼 수 있었습니다. 우리는 좁은 골목으로 들어가 알지도 못하는 사태를 피하고자 했습니다.

같이 쏟아지던 사람들 사이로 들은 내용이 있긴 합니다만 부족합니다. 전자기기가 금지되었다고 하는데, 원인은 불명입니다. 그러나 이 전자기기 금지법은 인터넷 해킹으로 사태가 커졌다고 합니다. 그래서 이를 한국비밀결사대의 악행으로 삼고 짭새(헌병)를 풀었다고 합니다. 우리는 선량한 시민이었지만, 경찰들은 한국인이라면 싸그리 잡는다고 합니다. 도시 외곽임에도 경찰이 풀렸다는 걸로 보아선 시간이 꽤 지났음을 알 수 있었습니다.

생소한 골목길에도 일본도를 볼 수 있었습니다. 아름이의 손을 잡고 뛰었지마요는 꽉 막힌 데가 지형을 알 수 없어 빙빙 도는 것 같았습니다. 그뿐 아니라 사방으로 경찰이 나다니는 것 같아 식은땀만 흐르고 두통이 일어났습니다. 나중엔 아름이가 저를 끌었습니다. 저는 관자놀이를 꾹꾹 누르다가 흔들리는 느낌이 멈추자 앞을 보았습니다. 경찰이 가로막고 있었습니다. 그런데 일본도를 칼집에 넣는 게 아닙니까. 뒤에 낯선 인기척이 들었습니다. 웬 흑인 남자와 백인 여자, 한국인인지 일본인인지 분간이 안 가는 동양인이 있었습니다. 동양인이 제 어깨에 손을 얹었습니다.

"얘는 우리 친군데, 무슨 볼일이 있남?"
"아닙니다. 오해의 소지가 있었던 것 같습니다. 물러가겠습니다."

이 동양인이 누구길래 헌병 경찰이 물러간 건지는 모르겠습니다만 다행이었습니다. 나는 어지럼증에 혼절했던 것 같습니다. 간간이 아름이가 무어라 말하는 소리와 누군가의 등에 업히는 느낌이 들었습니다. 딱딱한 손가락이 엉덩이를 스치는 느낌이 들었지만 그것도 제 정신을 바로 잡긴 어려웠습니다. 그러다가 크게 들썩이다 까끌한 바닥에 앉혀진 것 같았습니다. 풋풋한 소년이 있었던 것 같습니다. 눈망울이 맑았습니……, 극심한 졸음에 저는…….

머리가 우지끈거렸습니다. 회색 천장이 보였습니다. 덮여 있는 이불과 침대를 보니 병실인 것 같았지만 분위기가 달랐습니다. 침대 주변으로 커튼이 쳐져 있었습니다. 커튼을 걷으니 웬 아저씨가 다리에 붕대를 칭칭 감고 있었습니다. 아저씨는 잡지를 보고 있었습니다. 커튼을 쳤습니다. 길로 통하는 커튼을 치고 나왔습니다. 문 옆은 의료기구가 있었고 하얀 가운을 입은 언니가 있었습니다. 일어났어요? 언니는 컴퓨터에서 눈을 떼고 일어났습니다. 그리고 문을 열고 같이 나왔습니다.

여긴 어디죠?
백호. 백두산 호랑이라는 곳이에요.
뭐하는 곳인가요.
한국 독립을 꾀하는 곳이죠.

언니가 날 데리고 간 장소는 급식실이었지만 한층 더 들어가 주방으로 인도하였습니다. 거기서 아름이를 만날 수 있었습니다. 아름이는 무를 썰고 있었습니다. 나를 보더니 달려와서 목을 끌어안았습니다. 걱정했잖아! 괜찮은 거야? 아름이의 눈가에 물처럼 보이는 것이 진득히 나오는 것이었습니다. 나도 왠지 모르게 동질의 물이 속속히 나왔습니다.

아름이와 의사 언니랑 동석으로 식사를 하게 되었습니다. 언니가 말했습니다. 여기에 계속 있을 거라면 일을 해야 할 거야. 정보·회계나 배급, 아니면 군사. 보통 여자들은 배급으로 들어가. 아름이는 배급으로 정했다고 합니다. 요리엔 자신이 없었지요마는 아름이가 있었기에 배급으로 편입하기로 했습니다.

사내아이 두 명이 언니에게 다가왔습니다. 한 명이 저를 가리키고 말했습니다.

"일어났네? 팔팔해 보이는데. 누나, 얘 주사 놓아줬어요?"
"그럼 당연하지. 너희, 애들이랑 인사했니?"
"아뇨."
"난 최한규. 백호의 정보부 담당이야."

능글맞은 얼굴을 한 최한규는 어쩐지 익숙한 목소리였습니다. 그 다음 옆에 있던 아이는 김일태였습니다. 군사부 담당이라고 합니다. 나중에 가서야 저는 이 아이들이 우리를 구해주었다고 들었고, 감사를 표했습니다. 흑인 남자가 저를 업고 있는 중에, 마취제를 놓았다고 합니다. 방치하면 몇 시간이 걸려서, 언니가 각성제를 놓아주었다고 합니다.

한규는 생각났다는 듯이 화제를 전환했습니다.

"수현이라는 아이, 경찰서에 있다는데. 누군가가 미아로 알고 데려다 주었나 봐. 우리 밥 먹고 같이 가보자."

아름이와 저는 고개를 끄덕였습니다.

백호라는 곳은 지하에 위치해 있어서 사다리를 타고 올라가야 했습니다. 지상으로는 초라한 공장이 세워져 있었고, 만약을 대비해 브로커까지 있었습니다. 치밀하게 숨겨진 조직이라고 생각되었습니다. 최한규에게 물었습니다.

넌 독립될 거라 생각해?
글쎄다. 일단은 갈 곳이 없어서 백호에 있는 거지만, 역사로 봐선 될 거 같아. 끈질긴 민족이거든.

김일태가 풋, 웃었습니다. 엄청 고집이 세지!

수현이를 찾아준 건 청년과 범상치 않은 중년 남자였습니다. 중년 남자는 온통 붉은 계열로 치장하고 있었습니다. 붉은 목도리, 붉은 코트, 붉은 구두……. 우리는 허리가 직각으로 꺾이게끔 고개를 숙이며 감사해 했습니다. 청년은 별것 아니라며 고개를 들라 했고, 중년 남자는 팔짱을 낀 채 서 있었을 뿐이었습니다. 한국인이로군……. 읊조리는 듯한 소리가 잠시 들렸습니다. 고개를 들자 중년 남자는 문을 나서고 있었습니다. 같이 가요, 형씨! 청년은 쫓기듯 달려나갔습니다.

“너도 봤지?”
“어.”
“분명해.”

내가 물었습니다. 무슨 이야기 하는 거야?

“방금 붉은 사나이 봤지?”

"그게 뭐 잘못되기라도 했어?"

"살인자, 홍유진이야. 분명해. 10년 전, 세상을 떠들썩하게 했었지. 피해자마다 얼굴을 갈기갈기 손질해놓았다고 해. 자신의 얼굴이 화재로 화상당하자, 복수에 나선 거지. 나중엔 자신이 오히려 피해자라고 반박해서, 가벼운 형으로 7년 동안 수감돼 있었다고 하는데. 최근에 출소한 모양이야."

"그런 사람이 수현이를 구해준 거야?"

"홍유진은 지켜보기만 한 거 같아."

우리는 수현이를 데리고 백호로 갔습니다. 수현이도 배급 담당이 되어서 우리 셋은 매 끼니를 준비해야 했습니다. 물론 주방엔 우리 말고도 많은 사람들이 각자 도구를 들고 무언가를 열심히 했습니다. 그러나 저는 요리에 재능이 없음을 일찍 깨달아 버렸습니다. 야채를 써는 족족 사방으로 튀겼고, 조심해도 내용물이 자꾸만 삐져나와서 애를 먹어야 했습니다. 감자를 깎는 것도 오랜 시간이 걸렸고 아줌마에게 구박을 받는 날이 이어졌습니다.

아름이가 말했습니다.

은아, 너 열쇠 따기 잘하잖아. 군사부로 옮기는 거 어때?

응?……. 그럴까.

우리 걱정은 하지 말고, 너와 우리, 백호를 위해서도 그러는 게 좋을 거 같아.

나는 김일태에게 부탁해서 군사부로 옮겼습니다만, 가진 거라곤 저조한 열쇠 따기 기술뿐이었습니다. 나는 그것밖에 없다며 일태에게 말했지만 괜찮다면서 그것을 연마해 보라며 응원해 주었습니다. 그로부터 나는 백호 내에 있는 자물쇠란 자물쇠는 모두 딸 수 있도록 연습했습니다. 범죄적인 일이

긴 해도 백호에 머물 거라면 이 정도는 감수해야 함이 옳다고 믿었습니다.

　살인자 홍유진. 그의 몸부림이 재발한 것 같습니다. 시체의 얼굴은 말짱했지만 손목과 발목이 떨어져 나갔습니다. 신문은 홍유진의 기사로 떠들썩했고, 동행하던 청년도 조력자로 몰아갔습니다. 그러나 홍유진이 죽인 것은 창씨개명을 한 한국인이었습니다. 이 때문에 이름을 바꾸면 홍유진이 나타난다는 소문에, 한국인들은 난감해졌습니다. 이름을 바꾸지 않으면 한국인이라며 핍박을 받고, 바꾼대도 언제 살해당할지 모르니 말입니다. 홍유진은 이성을 지닌 살인자 같았습니다. 십 년 전의 사건에도, 일본인만 죽였고(한국인 두 명을 죽이기도 했지만······) 이번에는 배반자(창씨개명한 자)를 죽이니, 감히 적이라 할 수 있는지요. 백호도 살인자 홍유진의 행동에 악의가 없음을 믿고 오히려 도와주었습니다. 배신자들을 제거하는 것이지요······.

봄을 위하여

그이는 내가 가장 사랑한 사람이자, 가정을 둘째시한 무책임한 가장이었
어요…….

단 한 번뿐인 연극을 펼치겠다며, 오랜만에 들어온 날 그이가 말했죠. 나는
당장 먹기도 빠듯한 살림인데, 무슨 연극을 한다고 그이를 나무랐어요. 하지
만 날 쳐다보는 눈동자에서 체념이라고는 찾아볼 수 없었어요. 오히려 내가
도와야 한다는 의무마냥, 그는 꼿꼿했지요. 무정하기도 해라. 하지만 저 강직
한 눈빛이 오늘날 우리가 부부임을 이어주는 연결고리가 됐어요.

그이를 첨 만날 적에, 그는 태극 휘장을 두른 채 커다란 깃발을 휘두르고
있었어요. 독립에 열성이었죠. 예나 지금이나 멍청하게도 독립밖에 모르는
바보였죠. 나는 그런 매력에 점점 빠져들었어요. 동료도 열심이었지만 그이
만큼 빛나고 드세 보이는 독립단원은 없었어요. 오직 그이만이 제 시야에 들
어왔었지요. 시간이 느리게 가는 것만 같았어요. 정신을 차려 보니 정면으로
그가 있는 게 아니겠어요. 우리는 포개어져 있었어요. 하늘이 보이는 것이 이
를 증명해 줬지요. 저편으로 이륜차(오토바이)의 엔진 소리가 사그라지고 있
었어요. 괜찮으십니까? 그가 한 말은 괜찮냐는 질문이었을 거예요. 하도 당

황해서 기억에 많이 남아요. 그는 천천히 나의 손을 잡고 일으켜주었어요. 다친 데가 없는지 살펴보는 동안, 나는 벙어리처럼 암 말도 못하고 볼이 달아올랐답니다. 그이는 내 볼이 왜 붉어진 줄 모르고 제 이마에 손을 올렸어요. 고, 고…… 고맙습니다!……. 나는 황급히 그 자리를 달아났어요. 얼굴에 피가 몰려 펑, 하고 터질 것만 같았지요. 가까스로 집에 도착하고, 침대에 누워 이불에 얼굴을 파묻었어요.

이후로 나는 그의 얼굴이 잊혀지지 않아 밤잠을 설쳤어요. 밥을 먹을 제도 젓가락질이 멍해졌고, 작업 중에도 실수가 잦아졌습니다. 머릿속이 그로 가득 차서, 이따금 나도 모르게 홍당무로 변신하고 말았답니다. 미칠 것 같았어요. 어머니가 절 병원으로 데리고 가려고도 했지만 괜찮다며 만류했어요. 결국 그이를 만나러 갔어요. 넓디 넓은 태극기를 한껏 휘날리고 있었지요. 현혹되는 것 같아서 벽 뒤로 숨어 훔쳐보았어요. 메모를 가슴에 대고 심호흡을 했죠. 한 걸음, 한 걸음 다가갈 때마다 얼굴은 화성처럼 불그스름, 빨간 피망이 될 뻔했어요. 그 앞에 섰을 땐 마라톤을 완주한 사람처럼 숨이 콱 막혔어요. 심호흡도 도움이 되지 않게 된 거지요. 떨리는 손을 내밀어 메모를 보였어요. 그이는 동료의 윽박 같은 응원에 종이를 받았어요. 그리고 나는 또 줄행랑을 쳤답니다.

그는 약속 장소로 나왔고, 우리는 알콩달콩한 연애를 하기 시작했어요. 하지만 독립투쟁으로 약속이 깨지곤 했어요. 삶의 전부와도 같은 투쟁을 이해 못 하는 건 아니지만요. 섭섭한 마음은 어쩔 수가 없었어요. 약속이 번번이 깨지자 양심에 찔렸나 봐요. 어렵게 간부에게 부탁을 얻어 나와 만났고, 황홀한 밤을 보냈어요. 그날이 일본경찰을 제거하는 거사를 치를 때였어요. 중요한 일에서 빠진 셈이니, 그땐 그이가 섭섭했을 거예요.

입덧은 갑작스럽게 찾아왔고 혼인할 운명이라고 믿게 되었어요. 그도, 그의 일가도 흔쾌히 승낙했어요. 결혼을 하면 나아지지 않을까 싶었지만 여전했어요. 출산 땐 그이가 옆을 지켜줬지만, 간부의 압박인지 퇴원 전까지 나타난 적이 없었어요. 그런데 간호사가 말하더군요. 잠든 새벽에 가끔씩 나타난다고……. 내심 기분이 좋았죠. 그러나 여태까지 책임을 무마하려면 새발의 피도 되지 않아요.

오늘도 이렇게 뚱딴지 같은 연극을 벌이겠다잖아요.

"방문이 뜸했던 것도 연극 때문이었군요."

어쩜 그럴 수 있는지. 책망하면서도 피 같은 돈 봉투를 주었어요. 그이가 떠날 때 날 품속으로 끌어안았어요. 따스한 가슴이었어요. 편안하지만 오래 할 수 없었던 그리운 가슴.

"고맙소, 여보. 이 일이 끝나면 독립단에서 손 떼겠소."
"그 약속만 일곱 번째인 거 알아요?"
"당신이 떠나가도 할 말이 없군. 이번엔 정말일세. 그 증표로 이걸 맡기지."

독립단원임을 확증하는 맹세표였어요. 거긴 혈흔으로 그이의 이름이 씌여 있었어요.

"혹시라도 내가 돌아오지 않는다면, 아들에게 이걸 전해 주시오. 아비가 독립단원으로서 죽었다고."

그이가 나간 지 보름이 지났어요. 우편으로 편지 한 통이 날아오더군요. 그

이의 사망서였어요. 그러고 나서, 그리운 그의 모습을 다시 볼 수는 없었어
요…….

노인 공격

하회탈을 쓴 영감이 사뿐한 걸음으로 무대 중앙에 선다. 손의 주름을 보아하니 탈의 주름과는 달리 앳된 면이 있다. 조명이 서서히 밝아지고 부채를 펼쳐 들며 부채질을 한다. 목소리를 듣자하니 총각이 할아범 흉내를 내는 듯하다.

신기해 : (걸걸한 목소리로) 아이고, 여러분 안녕하시렵니까. 소인의 이름은 신기해요. 성이 신이요 이름이 기해올시다. 이쯤 되면 도령, 각시 할 것 없이 깨우칠 것을 믿소. 아하하! 신기하지 않소이까. 그래요, 나의 이름은 신기해요.

말이 끝나기 무섭게 무대에 등장하는 여자. 가뿐한 걸음으로 신기해 영감에게 다가간다. 여자도 탈을 썼는디, 그 모양이 애 낳지 않은 처녀처럼 영글었다. 영감이 뒤로 물러서며 처녀를 위아래로 흘겨본다.

신기해 : 아니 아니, 이게 누구요. 이가탄의 딸 이상해가 아니요? 여기가 서울이 맞는고? 고개를 쳐들어 하늘을 보아하니 공기가 자욱한 것이 공장의 매연이 담배 연기처럼 풀풀 날리는 모양새가 분명하고, 길거리의 여인네들을 보아하니 애교살을 넣고 볼살이 귀여우

며 인조인간 같은 낯짝들이 포진돼 있는 광경과 도로에 공간 없
이 가득 찬 차량의 경적들을 듣노라면 대한민국의 수도지가 맞는
것 같은디.

이상해 : 어머 어머, 이게 누구예요. 신지식의 장남인 신기해 영감이 아니
여요. 여기가 서울이 아니면 부산이라도 되는갑지요? 하늘을 보
아하니 참새 하나 없고 구름 한 점 없어 으슥한 기운이 들고, 길바
닥엔 닭둘기가 걸어 다니고 길거리엔 생김새 다르고 얼굴색 다른
외국인이 자연스레 걸어 다니는 행적을 보아하니 대한민국의 수
도지가 맞는 거 같지여요.

신기해 : 신기한 일일세. 그나저나 서울엔 무슨 일인고.

이상해 : 이상한 일이죠. 때 밀듯 돈을 벌 수 있다고 하여 올라왔지여요.

신기해 영감, 고민하듯이 뒷짐을 진다.

신기해 : 아니 아니, 그건 이디까지나 천 명 중에서 한 명꼴로 발생하는 귀
족 계층의 수입인지라. 돈을 버는 즉시, 세금이며, 인두세며, 집세
며, 차량세며, 각종 잡세며, 서민의 돈줄을 헐벗기게 하는 정부인
지라. 강조하건대 전기세는 남용하면 세금 폭탄 먹기에 좋은지
라. 기업과 대기업은 한 통속인지라. 대기업은 이윤창출에 목적
이 있음이 당연하지만, 정부는 우리 정부가 아니요, 일본의 개가
되어 있는지라.

이상해 : 어머 어머, 그건 어디까지나 일반 민중의 애한에 지나지 않지여요.
이 얼굴을 들이밀면 누구도 껌뻑 넘어가지 않는 남자가 없어, 청소
기로 돈을 빨아먹듯 차지할 수 있지여요. 세어보건대 연애비며, 관
계비며, 육체비며 각종 잡세를 들어 갈취할 수 있지 말이여요. 얼굴
이 되면 외모지상주의에서 꿀릴 것 하나 없지여요. 길거리를 나다

니는 것만으로도 세상이 제게 돈을 주어야 할 판이지여요.

신기해 : 아니 아니, 신기할 것도 없군그래. 필히 처녀가 다 되었으니 남자
는 찾아야겠고, 시골에는 생김새 다른 외국인이 결혼장을 내미는
형편이니, 서울로 올라오는 게 현명한 것일세.

이상해 : 어머 어머, 이상할 것이 없지요. 아기를 낳아야 하는 나이가 되어
배우자를 찾으러 왔지여요. 하지만 결혼은 보류하고 투사로 전직
하려고 올라왔지여요.

신기해 처녀, 간직하고 있던 독립투사단원 증명서를 나풀거린다.

신기해 : 아니 아니, 요즘 세상에 여장부가 싸울 일이 어디 있다고 투사로
전직을 하려는 건가.

이상해 : 어머 어머, 요즘은 제한형일시대. 두 번이나 나라를 잃은 시대라
는 걸 잊어버렸나요?

신기해 : 아니 아니, 하도 평안하여 조용하길래 강점(强占) 당한 사실도 깜
빡 잊어버렸소.

이상해 : 어머 어머, 도시가 조용한 건 매체도 강점당했기에 그런 거여요.

신기해 : 아니 아니, 그게 무슨 말인가? 뉴스는 항시 어여쁜 기상캐스터가
날씨를 전해주고, 우스꽝스러운 기자가 온갖 재난지역에 찾아서
웃음을 선사하고 있는데, 어찌 그걸 강점당했다고 하는 것인고.
어허허허.

신기해 영감, 부채를 펼치며 살랑살랑 부채질한다.

이상해 : 어머 어머, 뉴스가 진실이라면 민중은 들고일어났을 거여요.

신기해 : 아니 아니, 이 말은 즉슨 거짓보도를 하고 있는 것인고.

이상해 : 어머 어머, 너무 늦은 반응이여요. 바보상자로 보고 있는 건 진실
　　　　이 반도 안 되여요.
신기해 : 아니 아니, 나쁜 제한형일 정부인지라.
이상해 : 어머 어머, 제한형일시대 전에도 대한민국은 거짓을 보도했지
　　　　여요.
신기해 : 아니 아니, 신기한 일일세. 그럼에도 들키지 않다니.
이상해 : 어머 어머, 이상할 것 없지요. 민중이란 우둔하니까요. 개인은 현
　　　　명할지 몰라도 다수는 한 의견에 치우쳐서, 희생되고 끝내 파멸
　　　　과 맞닿게 되지 말이여요.
신기해 : 아니 아니, TV를 보지 말라는 재주라도 부리는 것인고.
이상해 : 어머 어머, 가려 보자는 의의인 셈이지요. 벌써 해가 지려고 하는
　　　　군요.
신기해 : 아니 아니, 벌써 그리됐는고.

신기해 영감, 들던 부채를 접는다.

신기해 : 하지만 밤이 되어도 괜찮은 나라가 대한민국일세. 만취해서 온
　　　　동네를 달밤체조로 떠들어대도 권총으로 총살당하는 자가 없고,
　　　　도리어 경찰에게 대리운전을 시키며 개처럼 말을 잘 듣기로 소문
　　　　이 나 있으며, 혹은 만취된 여성의 순결을 빼앗는다 하더라도 만
　　　　취자로 위장하여 경범죄로 감옥에서 맛있는 밥 먹고 살다 출감하
　　　　면 되는, 괜찮은 나라 대한민국일세. 이보다 더 범죄자와 살인자
　　　　가 살기 좋은 나라가 어디에 더 있겠는고.
이상해 : 이상할 정도로 괜찮은 나라가 아닌지여요. 생김새 다르고 얼굴색
　　　　다른 것들이 살인을 마다하지 않고 강간을 우습게 저지르고는,
　　　　외국인 인권을 내세우며 별다른 범죄를 받지 않게 되니, 저 밑에

동남아나 바다 건너 서양의 욕구불만자들이 분출하려고 놀러 오
는 광경이 보기 좋지 말이여요. 원인을 꼽자면 밑도 끝도 없겠지
마는, 상위를 위한 법으로 편찬한, 원숭이 같은 국해의원(國害議
員)이 상당한 밑거름이 되지 않았나 싶어요.

신기해 : 정문일침이로세. 최근 통과된 인구축소제는 또 얼마나 화려한가.
　　　　노인을 공경하지 말고 공격하라는 신조를 문패에 갖다 붙인 거나
　　　　다름없는지라.

대기하던 남성네들이 나타난다. 앳된 소년의 탈을 쓰고 있으며, 손에는 각
목과 쇠파이프가 들려 있다. 조금 앞에 나서서, 쇠파이프를 들고 있는 소년
이 우두머리로 보인다. 그들은 껄렁껄렁한 행동거지로 영감과 처녀에게 걸
어간다.

우두머리 : 인구축소위원회에서 나왔수다. 저승행 기차를 타고 하늘에서
　　　　　안식을 누리시라고 기꺼이 즉살하려고 친절하게 당도했으니, 잔
　　　　　말 말고 우리 손아귀에 편히 임종하시길 바라는 바요.

이상해 : 아니 아니, 인구축소위원을 만날 줄이야. 오늘 벼락을 맞고 죽을
　　　　불행이여요. 듣자하니 위원들은 비행청소년을 조종하여 어르신
　　　　을 처분한다고 하던대, 그 말이 사실이군요. 이참에 일행인 저도
　　　　척살 대상으로 정해지는 건가요?

우두머리 : 글쎄 말입니다. 보통 혼자 있는 노인네들을 표적으로 삼긴 합
　　　　　니다만, 순순히 영감을 우리에게 바친다면 우리도 순순히 아가씨
　　　　　를 보내드릴 의향이 남아 있수다. 만일 막고자 한다면 순결을 빼
　　　　　앗겨도 첫 강점기 시에 위안부처럼, 처참하게 능욕당할 것이요.

이상해 : 말을 퍽 예쁘게 하는 특출한 재주가 있군요. 정부가 하는 짓거리
　　　　를 코앞에서 무기력하게 보고 있지만은 않을 거여요. (품고 있던 단

도를 빼든다) 광주서 무고하게 죽어나간 시민의 장렬한 위업 가운
데, 쾌락으로 사격과 장전을 반복하던 군인과 당신네은 똑같은
종속들이군요. 아둔하고 옹졸하지요.

우두머리 : 금방 죽을 것이 말이 많구나!

우두머리가 쇠파이프를 휘두른다. 이상해 처녀는 가볍게 무기를 피하고
팔꿈치로 우두머리의 명치를 가격한다. 쿨럭. 짧은 단음을 내고 우두머리가
뒤로 물러선다. 뒤에 있던 똘마니 두 명이 각목으로 위협을 하지만, 사기가
떨어져 있었다. 각목을 내지르자 처녀의 단도에 무참하게 썰리는 토막. 처녀
는 공중에서 다리를 내디뎌 무릎으로 얼굴을 찍고 착지한다. 살아남은 똘마
니가 홀연히 각목을 버리고 무대에서 사라진다.

연극이 깨졌다.

입구에서 일본 경찰이 나타났다. 일본도를 들고 있었다. 가장 가까운 객석
이 피로 얼룩졌다. 객석은 도망치려는 한국인들로 넘쳤고, 순서를 지키지 않
고 도망치려고 했기에 사상자가 생기고 말았다. 출구는 미어터지려고 했고,
경찰이 미처 다가가는 걸 피하지 못했다.

와중에도 객석엔 태평천하를 누리듯이 앉아 있던 자들이 있었다. 어린 남
성이 연극의 홍보지를 접기 시작한다. 반듯한 네모가 되자 바닥에 흘기듯 버
렸다. 시선은 무대를 향하고 있었지만, 중년에게 들으라는 듯이 말했다.

"형씨, 이만 가죠."
"그러려고 했소."

법치주의

악법도 법이다 – 소크라테스

산채로 화장된 꼴이었지. 홍유진, 그 녀석이 범인이야. 무고한 일본인을 죽이다 막장엔 한국인까지 죽였다지. 엄연히 아빠는 한국인 혈통이니까, 동족을 살해한 거라고. 아무튼 미친개들이 너무 많아. 그러고도 고작 십 년 형밖에 안 받았다며? 제한형일국의 평안에 기름을 붓는 놈 중에 10에 9는 한국인이야. 미개한 것들 같으니라고. 아빠의 복수를 결심한 것이, 녀석이 출소할 시기가 될 만큼 지나버렸네. 마음이 식긴 했어도 아직껏 불씨가 살아 있어. 홍유진을 제거할 기획 벼르고 있지. 이 권총 하나면 개죽음으로 몰 수 있을 거야. 그를 죽여도 인권을 보호받게끔 창씨개명도 했어. 내 이름은 백기흠이었지만, 아빠는 술에 취해 틈만 나면 날 사와다 카즈오라고 불렀지. 인제 나는 사와다 카즈오로 개명을 했어. 솔직히 노예처럼 사느니 국적 이전으로 호화롭게 누리면 얼마나 좋아? 근데 줄소한 녀석이 어디로 간 건지, 떠도는 소문도 없어 행적을 찾기 어려웠지.

화제를 돌리자면, 나는 아빠가 남긴 유산으로 떵떵거리며 살 수 있었어. 방탕하고 문란하게 놀았지. 비싼 양주를 아무렇게나 흘려 먹고, 매끈한 다리에 오일마냥 흘려 부었어. 발정이 나면 고깃덩어리를 밀가루 반죽하듯 주무르고, 개처럼 허리를 흔들기도 했지. 심심하면 한국인으로 뵈는 놈들에게 시비를 털기도 했어. 개명 안 한 놈들은 이 눈빛부터가 다르거든. 정직하달까 우직하달까 좋게 말하면 이렇고, 그냥 바보 멍청이야. 옹고집으로 뻗대는 아해들이 썩 많거든. 그런 애들 까놓고 쇠파이프나 너클로 쥐어패도, 처벌이 가볍거나 아예 없는 경우가 적지 않아. 법의 보호를 받지 못하거든! 버려진 국민인 게지. 역시 쓰레기 민족다워. 나도 한의 혈통이지만 봐봐, 거의 일본인 편이잖아.

아빠는 납골당에서 자고 있고, 엄마는 날 건드리지 않아. 엄마도 방탕해. 대마초인가 아편인가. 화장대에 올려져 있는 걸 봤어. 가족끼리 암묵적 허용이 성립된 셈이지.

돈다발을 뿌리다 보면, 흑인이나 백인이 몰려들어. 아랫도리도 튼튼하고 체격도 동양인보다 우월하긴 하더라고. 개들도 돈에 허덕이는 것처럼 언제부턴가 굽실굽실거리면서 쫓아다니더라. 같이 클럽에서 불태우고 ─술먹고 춤추고 부킹하고─ 그랬지. 어느 날인가, 흑인 놈이 어눌하게 킥킥대면서 뭐라 하는 거야. 들어보니까, 가짜 미행을 하제. 골목길에 혼자 걷는 여성 많잖아. 뒤를 밟아서 놀래켜주는 게 하고 싶대. 어─ 기발해 보이진 않아도 겁에 질린 모습을 보면 우스울 거라고 생각했어.

어둠의 자식처럼 우리는 여느 때처럼 밤에 모였어. 인근에 미로 같은 골목으로 들어섰지. 길이 나뉘는 세 갈래에서 기다렸어. 먹잇감이 언제 올지 모르기에 권태를 달래고자 궐련을 물었지. 궐련, 흔히 담배라고 하지? 아빠는 궐련이라고 했어. 옛말이 정감 있다나 뭐라나, 귀얼련 귀얼련 노래를 불러댔지. 현장에서 화재 원인도 궐련의 불씨가 기폭제였다 하던대. 낙엽이, 계절이 아빠를 씹어먹었다고도 볼 수 있어. 형사 아저씨한테 듣기론 이게 전부고, 내가 갔을 땐 뚱뚱한 소화기가 죽어 있는 게 다였지.

오, 더 걸. 담배를 짓뭉개니까 사냥감이 하이힐로 위태위태하게 걸어오고 있었어. 우린 벽 뒤로 숨어서 또각또각이는 신선한 소리가 가까워지기만을 손꼽아 기다렸지. 또각, 힐이 멈칫하고 움찔하고, 어머머 같은 연약한 반응을 보였어. 정적이 이어지다가 또각, 하면서 깨졌지. 요염한 종아리와 오금이 우릴 홀렸어. 미행했지. 발의 호흡을 보이면서 그림자처럼 걸었지. 인기척을 죽이긴 해도 여자는 기분으로 미행을 직감했을 거야. 또각, 또각또각ㅡ. 호흡이 짧고 막급한 걸 보면 인정할 만하지. 세기를 한층 높여 나는 뛰어나가서 여자를 가로막았어. 남은 놈들은 각자 왼쪽, 오른쪽에 서서 삼각형으로 진형을 이루었어. 사, 사, 살려주세요. 돈은 얼마든지…….

필요없어.

나는 걸어서 여자와 밀착했지. 살고 싶습니까? 백인과 흑인도 밀착해서, 음ㅡ 스멜!이라며 향수 냄새를 칭찬했어. 여자가 질문에 고개를 끄덕였지. 정말로? 정말? 여자가 다시 끄덕끄덕였다. 눈가에 눈물이 맺힌다. 허허허, 여기까지 성폭력 방지 위원회였습니다. 뒤로 물러나 인사를 정식으로 했다. 저희는 무방비하게 돌아다니는 여성 분들의 안전을 우려하여 파견된 위원들입니다. 당신처럼 치한의 표적이 되기 쉬운 차림은 좋지 않아요. 또, 대처할 도구도 없으신 것 같으니 빠른 시간 내에 준비하세요. 예를 들어 후춧가루 스프레이를 갖고 다닌다거나 전기충격기는 비싸지만 매우 효과적이죠. 아시겠습니까?

……네.

여자 뒤에 있던 친구들은 실실 웃음을 참고 있었어. 인사를 하고 우린 물러 갔지. 굽 소리는 바로 나지 않고, 한 번 또각하더니 열심히 도망치는 소리가 조랑말 같았어. 골목을 나와서 신명 나게 벽을 치고 웃었지. 꺽꺽— 웃다가 실신할 뻔한 적은 처음이었어.

하도 눈을 정화하니까 백인 흑인 놈들이 직접 하고 싶은가 봐, 흑인 놈 차를 타고 납치나 하자고 했지. 납치 쉽거든. 한국인만 빼면 방종이랑 자유랑 구분이 안 되게끔 인권을 보호해 줘서 말이지. 납치해서 강간하면 반 년 살고 나오나? 옥중에도 시설 좋고 대우도 좋아서 천국이잖아. 책 달라 하면 갖다 줘. 뭐 먹고 싶다 하면 갖다 줘. 이건 뭐 예수 믿으면 사람 죽여도 천국 갈 판이네.

시동 걸고 한적한 도로로 갔지. 잡아가도 눈에 안 띄거든. 신호등도 쉬는지 점멸하고 있고, 길에 사람 걸어 다니는 게 이상할 수도 있는 시각이었어. 웬 롱코트 여인이 별 볼 일 없는 가게 봉투를 들고 가더라고. 식자재겠지 뭐. 창을 열고 물었어. 저기요. —로 가는 길 아십니까? 여인은 입을 벌리면서 생각하는 거 같았어. 봉투를 내려놓고 휴대 전화를 꺼내데. 문자를 치고 난 뒤에 보여주더라고.

—는 직진하시고 나서 호텔이 한 개 보이는데, 오른쪽 모퉁이를 돌아서 주욱 가면 있을 거예요.

벙어리였나 봐. 나는 길을 잘 모르겠다고 둘러댔어. 나는 뒷문을 열어 방향을 제시해달라고 공손하게 봉투까지 들어서 넣어주고 여인도 반강제로 욱여넣었지. 여인은 곤란한 웃음으로 손을 내저었지만, 이런 방면에서 융통성이 없는 사람 같았어. 수면제가 든 드링크를 줬더니, 그녀도 봉투에서 요구르트

한 병을 주는 게 아니겠어. 현시대는 착한 사람이 살기 힘든 것 같아. 이용만 당하니까 말이지.

마루타(통나무)가 된 여인은 단백질 인형 같았어. 우리는 모텔에 주차하고, 백인이 벙어리 여인을 업고 들어갔지. 주인이 우릴 쳐다보다가, 내가 내미는 카드를 고요하게 긁었어. 편리하구만.

방에 들어온 백인은…… 자세한 내용은 생략한다.

우리는 실컷 맛보고 모텔을 빠져나왔어. 흑인이 엔도르핀에 취했는지 액셀을 막 밟아대더라고. 일반도로에서 놀라운 숫자야. 것도 모자라서 녀석이 스피커를 틀려고 하는 거야. 직진하는 상태에서 목록에 시선을 팔고 있는데, 사고는 언제나 돌발적으로 일어났지. 앞범퍼에서 퉁기는 듯한 충격이 덮쳐오고, 타이어가 땅을 찢는 듯한 소리가 났어. 전조등을 비추는 배경을 보니, 일을 저질렀다 싶었지. 송장은 겨울 바다의 오징어처럼 차갑게 누워 있었어. 난 가자고 했지. 뺑소니라 봤자, 합의금을 입에 물어주면 다 해결돼. 자, 달려 달려. 누가 죽든 말든 내 알 바 아니잖아.

고속도로로 빠진 차는 수소를 인 트럭을 요리조리 제쳐가면서 감시카메라와 사진을 찍어댔어. 스릴만점이었지. 어느덧 해가 떠오르면서 몸에서 피곤하다는 신호가 울렸어. 뒤칸에서 잔 백인이 일어나면서 나와 교대했지. 차를 돌려 서울로 가는 동안, 나는 뒤칸에서 편안히 누워 잤어.

일어나니까 나만 있더라고. 어디 나갔겠거니 하고 눈을 감고 있다 보니까 햄버거 정식을 싸들고 왔더라고. 거울에서 백수가 햄버거를 오물오물 씹고 있는 모습을 봤어. 친구들과 목욕탕으로 갔지. 평상인처럼 하고 나와서 시내를 거닐었어.

　백인이 내 옆구릴 찔렀어. 그가 저편에 누군가를 가리키더라고. 앳된 여아 세 명이 있었지. 요즘 흔히 널린 고아들(잉여청소년) 부류 같았고, 백인이 쟤들을 넘보는 것 같았어. 흑인도 괜찮다며 거절하지 않았지. 여아들이 건물로 들어갔어. 따라갔지.

　입간판에 적힌 걸로 보아 연극을 하는 것 같았어. 무료라고 하는데, 홍보대사로 보이는 관리자가 확성기로 호객 행위를 하고 있었어. 협탁에 쌓인 소책자를 집고 들어갔어. 노인 공격? 공경을 잘못 쓴 거 아냐? 했는데 공격이 진짜 맞더라고. 백인은 연극 따위에 관심이 없었어. 다리를 떨면서 분답게 인내하는 애다움을 적나라히게 보여줬다니까. 재미있어지려 하는데 입구에 대피라는 비명이 연극을 깨부쉈어. 시퍼런 칼부림이 들렸지. 일본도를 든 경찰이 쏟아지듯 쳐들어왔어. 대피구에 인접해 있어서 신속하게 피신했지만, 이 상황에도 백인은 짐승임을 놓치지 않았어. 출구 밖은 미로 같은 골목이었고, 우리는—순전히 백인을 중심으로—는 먹잇감을 찾아 헤맸어. 어디로 간 거지? 소리가 들리는 쪽으로 걸어가다 보니, 탐스러운 엉덩이가 두 개 씰룩거리고 있는 거야. 가장 작은 아이는 보이지 않았어. 백인은 두 개의 엉덩이 중에서 작은 엉덩이와 말을 하려고 했지만, 아이가 영어를 못하는 것 같았어. 통역해 주려고 했지. 내가 다가가니까 애가 웃음을 터트리면서 큰 아이 이름을 부르는 거야. 지병이 있는 건지, 큰 아이는 혼절해서 정신이 없는 것 같았어.

　경찰이 나타났어. 피부색 다른 동무들을 보니까, 자신만만하던 칼날이 고개를 숙이더라.

　“얘는 우리 친군데, 무슨 볼일이 있남?”

"아닙니다. 오해의 소지가 있었던 것 같습니다. 물러가겠습니다."

　백인이 큰 아이를 업었어. 엉덩이를 쓰다듬는 게 훤했지. 갑자기 뒤에서 외침이 들렸어. 두 남아였어. 잉여청소년이었지. 여아들과 인연이 있는 사인가 보다 하고, 처리하려고 했어. 안주머니에서 권총을 꺼내 장전했지. 왜소해 보이는 놈이 걱정스레 투박한 놈에게 소곤거렸어. 귀를 떼면서 투박이는 괜찮아, 라며 겁대가리를 상실한 닭처럼 든든하게 앞장섰어. 눈깔이 굴러가더니 같잖은 쇠막대를 골라 집더니 벽을 탕탕 치더라고. 총알 한 방이면 저 세상 갈 놈이 패기는 본받아야겠다고 비웃었지. 투박이가 싹수없는 표정으로 뛰어왔어. 어? 어어? 녀석이 권총을 발로 찼어. 손이 허공을 허우적이는데, 턱을 맞고 나는 푸른 하늘을 보게 됐어. 전깃줄이 몇 가락 그어져 있었지. 뇌진탕처럼 뒤통수가 쓰라렸어. 백인과 흑인이 벽이 벽에 기대어 죽은 듯이 자고 있었지만 기절한 걸로 추정됐어. 여아들이 남아들과 자리를 뜬 거 같아. 나는 험한 소리를 지껄이면서 구석에 권총을 쥐었어. 손목시계가 고장 났나, 오 분밖에 안 지났더라고. 친구들을 버려두고 골목을 헤매었지.

　저건 왜 저리 붉어? 붉은 코트, 적색 중절모……. 홍유진이잖아? 살인마가 틀림없어. 나는 총구를 조준했어. ……사라졌다. 녀석의 걸음은 생각보다 빨랐어. 보통 인간의 수준이 아닌데. 귀신이 떠다니는 듯했어. 네 갈래길의 기로에 섰지. 붉은 천이 너울대는 쪽으로 발소리를 가리며 빨리 걸었지. 그러기를 서너 번. 이때가 아니면 기회가 없다는 생각에 달렸어. 내 인기척이 나든 말든 안중에 없었지.

　하지만 암만 달려도 꼬리를 잡을 수 없었어. 빠져나올 수 없는 개미지옥처럼 느껴졌지. 어지러운 이 골목에 현기증이 일었지. 체력은 자꾸만 깎여져 나갔고……, 나는 탈진하고 말았어. 살인자 이놈……. 말라버린 숨을 쉬고 있는데, 바닥이 어두워졌어. 비나 오려나 했는데, 고개를 들어보니 홍유진이었어. 저 살기 어린 눈빛을 보라고! 살인마! 살인마! 권총을 쥐었어. 은색의 갈등이 가볍게 손등을 쳤을 뿐인데, 권총이 떨어졌어. 손을 뻗어 잡으려고 했어. 팔에서 뜨거운 느낌을 받았어. 뜨거운 혈액이 나의 살결 사이로 진득하게 흐르고 있었어. 이게 피야? 그런 거야? 힘이 들어가지 않는 팔을 붙잡았어. 손에는 피가 질척하게 묻었고, 넘쳐서 바닥이 피바다로 얼룩졌어. 이 살인마야……. 고개가 들리지 않았어. 고개를 숙이고 있는 것조차 버거웠어. 그래, 차라리 죽여. 죽이란 말이야! 눈에는 피바다가 펼쳐져 있었지.

"좋소, 그것이 그대의 바람이라면."

아직껏 참을 수 있는 것이다

살기 좋은 제한형일국은 아량이 드넓어 일본의 방사능 폐기물을 돈까지 주며 수입하고 있다. 부산에서 발발한 수입 반대 시위는 경남 일대로 퍼져나가, 원전 인근에도 시위대가 팻말을 들고 방사능 폐기 수입 반대! 철폐하라! 철폐하라! 따위의 구조를 열창하고 있다. 그네들은 모자나 두건을 머리에 쓰고 입을 마스크로 틀어막았다. 보이는 것은 날카로운 눈빛뿐이다. 휩쓸고 간 자리에는 플라스틱 용기로 제조한 패스트푸드가 쓰레기통에 넘쳐 바닥에 즐비해 있었다. 낮이나 밤이나 의지를 고수하여 꺾일 기세가 보이지 않으니, 경찰이 출동하여 평화를 진압하였다. 백호는 순수한 시위를 무너뜨리는 공권력의 횡포에 꼬투리를 잡아 시위대를 사수하니, 다음부터 경찰이 일본도로 들이닥치는 때가 없었다. 그러나 안다. 아무리 날고 뛰어봤자 수입이 중지되지 않는다는 걸. 독립 전에는 허튼짓이래도 할 말이 없었다.

원전의 폐기물 처리반장인 서두빈은 메아리처럼 들려오는 시위의 격성에 심심한 관심을 기울였다. 철폐하라…… 철폐하라…….

서두빈은 아버지의 유산 같은 빚을 청산하기 위해 원전에 노동력을 제공했다. 어머니는 폐암으로 사망하셨고, 아버지는 거대한 보증에 충격을 먹어 쓰러진 뒤 앓다 가셨다. 빚이란 보증의 다른 말이었고, 아버지의 잘못된 선택이 아들을 고생의 늪으로 떨어뜨렸다는 인과가 성립한다. 친일이면 빚 따위야 고사하고 호황하고 낭비가 풍부한 그런 윤택한 삶을 살 수 있었겠지만, 신념이 허락되지 않았다. 풀 한 포기 같은 나약한 신념으로 폐기물 수입 반대를 외치는 저 선비들을 보라. 서두빈은 선비와 같은 나약한 신념을 가지고 있다. 비록 그는 원전의 폐기물 처리반장으로 일하고 있지만, 나름의 신념으로 이 자리에 있는 것이다. 아버지의 유언과도 같은 말이었다. "어떤 경우라도 친일을 하면 아니 되고, 한국인으로서 살아가야 한다." 서두빈은 어릴 적 일본 아이에게 사탕을 받아서 아버지에게 매 맞은 적이 있었다. 유년기에 체벌은 트라우마로 남을 정도로 충격적이었고, 일본의 일이라는 말만 들어도 반발심이 생기게 되었다. 반발은 서두빈을 이루는 신념으로 완성되었고, 빚을 떠안을지언정 친일을 하지 않겠다는 건 자신의 신조이자 아버지와의 약속이기도 했다. 그러나 서두빈은 갈등이 섰다. 내가 처리반장으로 있는 게 옳은 것일까? 진정한 한국인이라면 시위대에 끼는 게 옳지 않을까? 난 빚을 갚아야 하는데……. 혼란스러웠다. 무엇이 옳은 것인지 확신이 서지 않았다. 마저 빚을 갚으려고 방사능까지 먹어가며 노란 드럼통을 운반하는 것이, 패륜이라고 꾸며진 친일이라는 더러운 짓으로 각인되는 것만 같았다. 아무도 말하지 않았는데 말이다. 서두빈은 모순의 갈래 속에서 정신이 농락당하는 역겨움을 느꼈다. 하늘의 시련인 건지…….

반장님, 취업하려는 신출내기가 들어왔습니다.

신출내기는 적색 중절모에 붉은 코트를 입고 벌건 바지와 생생한 피 같은 구두를 신고 서 있었다. 자체가 붉은색인 신출내기는 서두빈의 기억에 홍유진이라는 단어를 번뜩 떠오르게 했다. 십 년 전의, 살인자 홍유진이었다. 반도를 떠들썩하게 떨게 했던 붉은 사나이, 홍유진인 것이다. 그가 십 년 형을 받았으니 시기상으로 출소했을 때다. 홍유진 씨가 맞습니까? 그렇소. 반가운 마음이 들기도 전에 서두빈은 무수한 궁금증이 불심검문 같은 질문을 하고 팠다. 구씨는 볼일 보시고 홍유진 씨는 절 따라오세요.

　일단 신상을 기재해야 되니 사무실로 홍유진을 데리고 갔다. 그를 데리고 간 서두빈은 직원이 어떻게 생각할까 고민을 거듭하다 문에 도착했다. 홍유진 씨, 채용이 거부될 수도 있어요. 사유가 어찌 되는 거요? 복장이나 얼굴의 문제겠죠. 전과가 있으니…… 서두빈은 될 대로 되라는 식으로 문을 열었다. 신출내기가 왔습니다. 홍유진이 차근차근 안으로 들어왔다. 구두 소리가 살벌했다. 직원들은 홍유진을 보고 경악했다. 여직원들이 수군대는 험담이 서두빈의 불안을 조였다. 아……, 여러분이 알다시피 홍유진 씨입니다. 모르는 분 없으시죠? 남직원이 의자에서 일어났다. 이건 아닌 것 같습니다, 서반장님. 그 사람이 들어온다면 사표를 내겠습니다. 홍유진이 직원을 보았다. 저, 저 살기가 넘치는 눈빛을 봐요! 언제 우릴 죽일지 모른다구요!

　해칠 생각은 없소. 죄를 지었다면 정당한 참회가 필요하겠거니, 당신이 죄 지은 사람으로 보이진 않소이다.
　다, 당연하죠. 내 얼굴이 얼마나 선한데!
　동감하오. 선한 자는 찔릴 것이 없으니 가슴을 펴고 걸어도 되는 것이오. 악한 자는 평생을 두려워하며 움츠리는 고통을 받아야 할 것이오. 당신이 선한 자에 속한다면 소인을 두려워할 필요가 없는 것 아니겠소.

　서두빈은 더 이상의 논쟁을 끊고, 시원찮으면 언제든지 해고할 수 있도록 하겠다는 조건을 제시했다. 직원들은 거기서 만족했고, 서두빈은 쫓기듯이 홍유진을 데리고 빠져나왔다. 저들이 나를 경멸하는 것 같소. 아무래도 그렇 겠죠. 근데 여긴 어떻게 찾아오신 거죠?

홍유진은 간수가 주는 두부를 으깨며 갈 곳이 없다고 했다. 간수는 살인마였던 홍유진이 어서 죽길 바라며, 원전에 가보라고 했다. 간단한 노동을 하면 되지만 대가로 방사능을 입어야 하는 위험한 3D직종이기도 했다. 간수가 혹, 남극으로 가라 해도 홍유진은 갔을 것이다. 기억을 잃은 홍유진이 할 수 있는 것이라곤 그것뿐이었다. 몇 명을 죽일지도, 누구를 죽인지도 모르는 그에게 속죄의 기회는 주어지지 못했다.

기억이 없는 상태군요. 모쪼록 기억이 되돌아오길 빕니다.
고맙소.
이만 일을 해 보죠.

둘은 작업복을 입고 일터로 나섰다. 홍유진은 서투른 행태를 보이긴 했지만, 처음이라 모양이 나지 않았을 뿐이다. 그는 점점 나아졌다. 서두빈은 근면하게 드럼통을 운반하는 홍유진에게 뿌듯함을 느끼면서, 점심시간이 오길 기다렸다. 구내식당은 눈치가 보여서 갈 수 없었고, 홍유진과 먹거리로 나왔다. 먹거리에서는 시위의 호음이 원전보다는 확연하게 들려왔다.

이 지저귀는 듯한 구호는 근원지가 어딘 거요.
방사능 폐기물 수입을 반대하는 시위대가 인근에 있을 겁니다.
해로운 것을 들여오다니, 제정신인 거요?
제한형일 서약을 맺었으니 피치 못하는 거죠.
그건 뭐하는 늑약인 거요.

홍유진 씨는 역사의 변천도 잊어버린 듯했다.

식후에 서두빈은 담배를 피웠다. 홍유진은 비흡연자였지만 서두빈이 내미는 담배를 받아 물었다. 한 모금을 빨고 나서 그는 마른기침과 눈물을 빼냈다. 억지로 피시지 않아도 됩니다만……. 아니오, 기회가 없어 못 폈을 뿐이오. 말은 그랬지만 홍유진은 두통기가 슬슬 이기 시작했다. 관자놀이가 간헐적으로 두근두근거린다. 그는 중도에 꽁초를 버렸다. 서두빈은 실수했다는 생각에 작은 사과를 표했다.

괜찮소. 신경 쓰지 마시오.

퇴근 시간이 되고 사무실이 비었다. 홍유진도 작업복을 벗고 평상복―이라고 하기엔 붉은―으로 갈아입었다. 서두빈도 코트를 여미면서 나갈 채비를 했다.

유진 씨, 묵을 데가 있으십니까?
찜찔방 정도면 넉넉하겠소.
실례가 되지 않는다면 제집에 오셔도 됩니다만…….
호의가 지나치면 권리가 될 터인데, 어찌 친절이 과한 거요.
그건…….

서두빈은 직설적으로 꺼내기가 모호했다. 제 생각에도 꿍꿍이가 있는 듯한 호의였다.

서두빈에게 홍유진은 영웅 같은 존재였다. 비록 무고한 사람을 죽인 것도 있지만, 일본인을 대거 살해했다는 데 의의가 있었다. 일본인들은 홍유진을 거들먹이면서 한국인을 내리깎았지만, 홍유진의 무기징역을 원했다. 충분한 위협이 된 것이다. 위협을 발판 삼아 홍유진을 옹호하는 조직도 생겨났다. 활동은 불처럼 번졌지만 안개처럼 사라졌다. 잠정적 와해가 된 셈인데, 경찰의 개입이 있었다는 설이 유력했지만 심증은 없었다. 한국인의 상황이 유리했지만, 정부의 보복을 당할까 봐 홍유진을 싫어하는 한국인도 더러 있었다. 서두빈은 긍정적인 쪽이었다. 혹, 져버린 별일지도 모르겠지만 왠지 선의를 베풀고 싶었다.

붉은 사람이 단추를 찼다.

민폐를 끼쳐도 실례가 되지 않는다면 따라가겠소.
예? 예! 민폐가 될리 없죠!

서두빈은 어색함을 풀고자 술과 안주를 마련했다.

당신은 어찌 불러야 하오.
글쎄요. 서두빈이니까 서씨로 불러주세요. 유진 씨는 홍씨라 불러드릴까요?
먹는 홍씨는 아니겠거니, 비웃기 좋은 호칭이오. 유사한 형씨로 부르는 것이 재미질 것 같소.
형씨요? 형씨 좋네요.

술잔이 서너 잔 비워지자 홍유진이 홍조를 띠었다.

형씨, 술에 약한가 보군요.
대대로 흥취가 부족한 가문이었소. 소인도 유흥이 서툰 나그네인지라.

서두빈은 성형한 홍유진의 살갗을 보고, 난데없이 화상을 어떻게 당했느냐고 묻지만, 짤막하게 돌아왔다. 그것도 기억나지 않소. 기억이 성형 후로

창조된 듯이 까마득할 뿐이온지라. TV의 뉴스와 대화하는 것처럼 둘은 영상을 보면서 눈을 깜빡거렸다. 형씨, 형씨? 홍유진의 눈꺼풀이 감겨 있었다. 서두빈은 이불을 꺼내 덮어주고 홍유진을 눕혔다. 홍유진의 얼굴에 손가락을 갖다 댄다. 인조가죽치곤 정교한 면이 있다는 생각이 들었다. 머리를 들어 베개를 끼워준다. 서두빈은 알딸딸한 취기로 상을 치우고 제 이불을 깔았다. 전등을 끈다.

붉은 사내는 깨질 듯한 두통이 멎질 않았다. 술 덕분에 느낌은 약했지만 이불을 걷어차고 식은땀을 흘렸다.

뜨거운 연기가 피어난다. 피 같은 불이 잎을 삼킨다. 가로수를 삼킨다. 약은 소화기가 뒹굴고 있다. 누군가의 신음은 깊은 불씨 속에 갇혀 탈출하길 원한다. 신음은 그곳에서 울고 있는 초라한 궐련을 발견했다. 너 때문이야⋯⋯. 너 때문⋯⋯. 신음은 궐련을 비틀어 잡는다. 활활 타오르는 화염⋯⋯. 신음의 이빨이 자신을 파먹을수록 궐련의 자책은 커져만 간다. 눈사람처럼 녹아들 듯, 하얀 사람이 쓰러진다. 백의를 실천하지 못한 사람이어라. 아아ー 무지몽매한 중생이어라.

나는 그곳에서 무엇을 하고 있는가. 피 같은 불을 덮어쓰고, 짧은 단도의 포효 같은 경련을 가느다란 손목으로 버티고 있는 게 나인가? 팔의 피가 통하지 않아 손에 보랏빛이 도는 것, 눈을 뜨기 어려운 건조증에 충혈된 듯한 저 괴한은 나인가? 죽어가는 노인의 헐거운 피부를 뒤집어쓴 듯한 저것은 나인가? 바위처럼 무심하게 서 있는 저것은 나인가?⋯⋯그럴 것이다.

그렇다면 백의를 찌른 은색의 행동에는 나의 의식이 깃들어 있었는가? 정녕 있었는가? 있었는가⋯⋯.

구수한 된장국 냄새가 거실을 채웠다. 홍유진은 냄비를 들고 오는 서두빈을 멍하게 쳐다보았다. 일어났어요? 밥 먹어요. 상에서 하얀 증기가 폴폴 솟아올랐다. 홍유진이 양반다리로 앉았다. 잠이 덜 깼다. 서두빈이 갓 한 듯한 밥을 홍유진 앞에 놓아주었다. 숟가락도, 젓가락도. 홍유진은 서두빈에게 찬물을 부탁했다. 빈 잔을 홍유진이 상에 탁 놓는다.

"서씨, 소인의 기억이 환해졌소."
"진짜요?" 서두빈은 된장국을 떠먹으면서 그렇게 말했다.
"중간은 아직 개지 않았소. 이른바 몸통이 잘려나간 거요."

홍유진은 한국민족역사를 정립하고 가르쳐주는 교사 명분이라 했다. 식민사관을 말하는 게 아니다. 홍유진은 어떤 비밀 결사대에서 온전한 민족역사를 배우고, 그걸 토대로 새롭게 들어오는 조직원에게 역사를 세워주었다고 했다. 비밀 결사대는 정부의 감시망을 피해 대개 공장부지나 도시 외곽의 지하에 본거지가 있었다. 홍유진은 내부 구조도 알고 어떤 부대로 짜여 있는지 알고 있었지만, 통하는 경로를 기억하지 못했다. 화상 트라우마로 지워진 것 같았다.

"떠오르면 가시게요?"
"갈 데가 그곳밖에 없으니, 가히 운명일 것이오."

홍유진이 시금치를 한 입 갖다댔다.

"끄트머리에 하얀 사람이라는 자를 본 것 같소. 백의……. 하얀 막대를 물다 화를 당했소이다."
"마지막으로 죽인 사람 아니에요? 담뱃불이 낙엽에 옮겨붙어서 불타 죽었다는데. 그 사람 의사였대요. 근데 탐욕 때문에 일본인이 되고 싶었던 한국인이었대요. 부모의 국적도 해외 국가로 바꾸었다는데. 병원에 근무했던 동료가 진술한 거니까, 허튼소리는 아닐 거예요. 한국인이었지만 잘 죽였어요. 친일파를 청산한 거나 다름없잖아요. 형씨가 죽인 사람들, 다 일본인이잖아요. 무의식이었더라도 신념이 무의식을 휘어잡고 있었던 게 아닐까요? 그게 아니라면 가려 죽이지도 않았겠죠. 죽인 게 아니라 처단한 거네, 처단. ……이거 이거 말하고 보니 영 쑥스럽네요. 하하하하.”

서두빈이 구태여 젓가락을 써서 두부를 가른다. 나긋이 답이 들렸다.

“색다른 해석이긴 하나, 살인자라는 낙인은 평생을 해도 덜 수 없는 짐일 것이오.”

구씨였다.

“서반장님, 허감독님이 찾으시는데요.”
“허감독이?”

상사의 호출은 언제나 불안하기 마련이다. 최근에 허감독과 이렇다저렇다할 충돌이 없었다. 서두빈은 허감독과 우연히 마주친 것도 애써 기억해내려 했다. 근무처가 따로 있기에 접촉이 거의 없었다. 점심시간에 커피 한 잔을 같이 하는 정도였다. 저번에 커피를 흘려서 그런가? 에이 그런 걸로……. 텁텁해서 건빵 먹기 싫다는 게 아니꼬웠나? 에이……. 에이, 아닐 거야. 그 양반 성격이 싹싹한데, 설마 그러겠어. 홍유진을 들여와서 그런가? 사무실 직원들이 항의라도 한 걸지도. 임씨가 예민한 데가 있긴 해도 그럴 줄은 몰랐는데. 형씨를 들여오는 걸 그렇게도 거부하다니 말이지. 전부터 맘에 안 들긴 했어.

자신을 합리화했지만, 하늘이 유난히 맑은 것 같았다.

허감독은 물기 없는 건빵을 아그작아그작 씹어대고 있었다. 서두빈을 보더니 건빵을 내밀었다. 아아, 텁텁해서 안 좋아한다고 했지? 사그작사그작, 건빵이 으스러진다. 허감독의 표정은 자못 어두운 인상이었다. 서반장. 예. 내 말 좀 들어봐.

"아니……. 나도 출장이 잡혀 있는데, 총책임자라는 인간이 일정은 고려 않고 익일특급처럼 보고서를 제출하라잖아. 그렇다고 싫은데요? 할 순 없는 노릇이고. 고심해 봤는데 서반장이 제격인 것 같아. 어려운 일도 아니야. 눈 딱 감고 보고서만 내고 오면 돼. 휴가도 끼워줄게. 푹 쉬고 오라고. 비용도 내가 다 부담하지. 솔깃하지 않나?"
"동행해도 괜찮을까요?"
"누구랑?"
"홍유진…….'
"홍유진? 그 친구는 무한 휴가도 괜찮지 싶은데. 돌아오지 않았으면 좋겠구만. 헛헛."

보고서는 장부, 명부, 전기생산량 등 대체적인 원전의 정산 서류였다. 서울에 있는 원자력 관리 협회에 내야 한다. 이메일로 보내면 될 걸, 귀찮게스리 왜 직접 전달하는 거야. 서두빈은 투정하면서도 이틀 휴가를 따냈다는 뿌듯함에 불만을 가라앉혔다. 홍유진에게는 아무거라도 봐야 기억이 떠오를 거라며 설득했다. 그는 동행하기로 했다. 간수가 추천했듯이, 그로서 어디론가 가는 것밖엔 도리가 없었다.

전조등을 쏘는 차량이 잇따라 꼬리를 물고 늘어진다. 건너편의 편의점은 불빛만 아롱아롱거렸다. 가로등은 비출 사람도 없이 바닥을 비추고 있다. 지나가는 사람들은 저마다 고개를 목도리에 파묻고 걸어가고 있었다. 홍유진의 홍의(紅衣)도 어둑한 밤거리에선 바람막이로밖에 취급되지 않았다. 경적도 나지 않는 바퀴의 행진은 소음보다 더 싸늘하게 느껴진다. 벤치에는 36.5도의 연기를 내뿜는 여자가 주머니에 손을 덮어놓고 오들오들 떨고 있었다. 옆에는 불룩한 장바구니를 끌어안은 아주머니가 하염없이 도로의 역방향을 향해 무언가가 오길 기다리고 있었다. 수염을 깍지 못한 것 같은 중년 남자가 정류장 칸으로 들어왔다. 그는 남은 의자 공간에 궁둥이를 바싹 붙였다. 서두빈과 홍유진은 바람만 피하고자 칸 안에 머물렀다.

시위는 변함이 없었다. 철폐하라. 철폐하라. 이젠 처절하기까지 했다. 정류장과 통하는 번호가 온다. 아주머니가 일어섰다. 시린 칼날 같은 바람이 닥쳤다. 버스가 사람을 뱉는다. 먹는다. 철폐하라. 철폐하라! 구호가 커진다. 버스 안은 지친 듯이 앞만 바라보는 사람들이 들어 있었다. 뒷문이 닫기고 버스가 출발한다. 머리가 휘날린다. 배기가스의 입김이 바람에 섞인 것 같았다. 구호가 작아진다. 버스가 설 때마다 구호에 힘이 실렸다.

서두빈은 카드를 쪼물딱쪼물딱거렸다. 일반 교통 카드였다. 버스가 손님을 토한다. 철폐하라! 철폐하라! 서두빈이 전자판을 올려다보았다. 늦는군요. 홍유진이 서두빈 쪽으로 고개를 돌렸다.

뭐가 불안한 거요. 켕기는 거라도 있소?
왜, 왜요? 어, 없는데요.

서두빈은 속으로 고민을 누르고 있었다. 의심 푸는 겸, 숨김없이 토로하기로 했다. 켕기는 건 아니구요, 시위에 대한 겁니다.

"우선 제게는 빚이 있습니다. 갚으려고 원전에 있는 겁니다. 친일하면야 빚쯤 뚝딱 사라지겠지만, 제가 허락하지 않았거든요. 아버지의 신조이기도 했고요. 저 뒤에 수입 반대하는 시위 있잖습니까? 사람 마음을 그리 야박하게도 긁어댑니다. 저도 한국인인데 폐기물 수입이 반가울 리 있겠습니까. 생각은 이런데, 처리반장을 그만둘 순 없는 지경입니다. 빚 때문이죠. 더구나 폐기물이 들어와야 우리도 일이 생기지 않습니까. 모순이 생기는 겁니다. 죄책감마저 들죠."

버스가 온다. 서두빈은 흘끔 창가를 보다 시선을 떨구었다. 지나갔다.

"세간이 전부 적극적일 순 없잖소."
"그래도요."
"낙담할 필요 없소. 정신은 깨어 있으니, 배반한 것이 아니오. 결과에 의의를 두는 건 그른 생각이로소이다."
"그렇습니까?…… 버스가 옵니다."

서두빈이 턱을 내려갔다. 버스는 요란하게 멈췄지만 빈 수레처럼 한적했다.

한숨 자고 나면 해가 뜰 겁니다. 그들은 플랫폼에 서 있었다. 구원의 종소리처럼 신호가 들렸다. 바퀴와 선로가 파열음을 내며 커져갔다. 귀가 먹먹해졌다. 밤에 가린 기차는 시꺼맸다. 시간이 시간이다 보니 나오는 모습들은 적었다. 천정에 설치된 난로가 좌석을 데우고 있었다. 분방하게 앉아도 될 만큼 인적이 없었지만 좌석표대로 앉는다. 서두빈이 창가 쪽에 앉았다. 밖으로 인위의 전등이 여기저기서 빛 발하고 있다. 스피커에서 안전을 요하는 딱딱한 문구가 퍼졌다. 소리는 서두빈의 귀를 뚫지 못하고 맴돌았다. 단지, 출발합니다…… 출발합니다…… 라는 말이 박혔다. 창가의 풍경이 바뀌어간다. 홍유진이 마른기침 콜록콜록 냈다. 서두빈이 힘없이 눈꺼풀을 잠갔다. 거선의 고동이 자장가처럼 토닥인다.

　부지런한 근로자들이 붐빌 시간이었다. 아침 일찍 가면 실례니, 목욕탕을 가자고 했다. 형씨, 국수 뽑겠는 걸요. 성인 두 장이요. 엘리베이터 앞에서 삐친 머리를 눌러보는 서두빈이었다. 신발장 옆엔 구두닦이가 비싸 보이는 구두를 빤질빤질 광내고 있었다. 신발을 넣고 들어갔다. 홍유진은 낯선 듯이 열쇠를 꽂아 넣고 윗도리를 벗었다. 같은 남자로서 눈길이 가지 않을 수 없었다. 끔찍한 피부였다. 쇄골 아래로 화상 자국이 아물어 있었다. 서두빈은 탈의를 하다 말고 충격받았다. 화상 당한 줄은 알았지만 이 정도인 줄은 몰랐나 보다. 쌀쌀하오, 신속히 들어가세. 홍유진이 나체로 걸어왔다. 크, 크다. 형씨 몸이 좋네요.

　한약재가 다량 첨가된 탕에 들어갔다. 메마른 할아버지 한 분이, 거품이 보글보글 솟는 자리를 만끽하고 계셨다. 냉탕에는 폭포가 거침없이 직선으로 쏟아지고 있다. 아저씨가 얼굴에 냉수마찰을 한다. 설인이라도 되는 양, 보기만 해도 차가운 느낌이 들었다. 서두빈이 목까지 탕에 담갔다. 홍유진은 허리까지 담그고 있을 뿐이다. 형씨, 화상 괜찮아요? 모르겠소, 어언 십 해(十年)가 지났건만. 홍유진이 조심스럽게 다리를 굽히고 상체를 넣는다. 어때요? 하자 없소.

　적당히 불린 몸으로 탕에서 나온다. 각자 거울을 마주하며 앉았다. 형씨, 등부터 밀어봅시다. 서두빈이 바가지를 놓고 물을 틀었다. 엉뚱하게도 샤워 헤드에서 뜨거운 물이 서두빈을 쳤다. 앗 뜨거! 조심하시오. 옙옙. 서두빈은 노란 때밀이를 적셨다. 이야, 묵은 때가 술술 나옵니다. 지저분한 경탄이었다.

바나나 우유를 빨면서 원자력 관리 협회로 향했다. 오전이었다. 들어가는 절차가 까다로워 홍유진이 밖에서 잠깐 기다리기로 했다. 빨대를 물어 조금씩 먹는 홍유진의 바나나 우유는 좀처럼 줄지 않았다. 자판기가 진열된 휴식 공간에 앉는다. 비둘기 한 마리가 날아왔다. 머리를 앞뒤로 흔들며 걷는다. 홍유진이 건빵을 꺼냈다. 서두빈이 말하길, 허감독이 선물로 얹어 준 거랬다. 봉지를 뜯어 건빵 부스러기를 만들었다. 금붕어한테 밥 주듯이 부스러기를 휘휘 뿌렸다. 금세 비둘기가 모여들어 들끓었다. 홍유진이 건빵 하나를 씹었다. 형씨, 이게 다 뭐예요! 여기 주지 말라는 팻말이 떡하니 있는데! 홍유진 머리 뒤로 '먹이를 주지 마시오' 라는 경고가 대문만하게 쓰여 있었다. 뜹시다! 서두빈이 홍유진을 잡았다.

서두빈은 목구멍까지 숨이 차오르도록 뛰었다. 홍유진은 여유롭게 뒤따르고 있다. 서씨, 이만 하면 됐소. 언제까지 도망칠 거요. 서두빈이 안심하고 다리를 낮췄다. 저것 보시오, 박물관이 있소. 서두빈이 눈을 찡그려 켰다. 저길 가는 건 아니겠죠? 안 될 일이라도 있는 거요. 흐응……. 서두빈은 의도를 알 수 없었다. 무거운 걸음과 다르게 홍유진은 보폭을 넓직히 했다.

서씨, 당장 독립을 희망하오?
형씨는 그렇지 않습니까?
간절히 염원하오. 다만 준비 못한 독립은 강점만 못한 것이오.
항상 준비된 거 같은데요.
아니오…… 아니올시다.

홍유진이 유리문을 앞서 열었다. 관리인이 골고 있다. 다행히 걸려 있소. 뭐가요? 서두빈은 말로 다 하지 못할 전시물들을 둘러보면서 홍유진을 따랐다. 여기서 뭘 찾겠다는 건지……. 홍유진이 서 있던 곳에 칠판만한 액자가 걸려 있었다. 일본어가 위에, 한글이 밑에 위치해 있다.

"우리는 패했지만, 조선은 승리한 것이 아니다. 장담하건대, 조선민이 제 정신을 차리고 찬란하고 위대했던 옛 조선의 영광을 되찾으려면 100년이라는 세월이 훨씬 더 걸릴 것이다. 우리 일본은 조선민에게 총과 대포보다 무서운 식민교육을 심어 놓았다. 결국, 서로 이간질하며 노예적 삶을 살 것이다. 보라! 실로 조선은 위대하고 찬란했지만, 현재 조선은 결국 식민 교육의 노예로 전락했다. 그리고 나 아베 노부유키는 다시 돌아올 것이다."
— 조선 총독 아베 노부유키

"노부유키가 직접 한 말은 아니오라. 조작인 거요. 허나 말대로 흐르고 있소이다. 제한형일 정부가 날조한 민족사관을 심어 놓고 있지 않소. 일선한 후로 일본인이 되게끔 꼬드기고 있지 않소. 노인을 안락사시켜 후대에 역사를 지우려 하고 있고, 국적을 이전시켜 유대의 분붕을 유도하고 있소. 외에도 다양한 민족 분열로 우리의 신념조차 망그러지게 할 놈들이오. 소인의 역량으로는 생각지 못할 폐해가 땅속부터 치밀하고 치졸하게 움트고 있을 것이오. 독립보다 시급한 것이, 이 딱한 현시기의 악을 멀리 쫓아내는 것이로소이다."
"거 누구요? 수상한데……."

관리인이 깼다.

손님이오. 가보리다.

시내를 가로질러 공장부지로 가는 중이었다. 그 조직이란 것이, 공장부지에 있음이 유력해서다. 연극 입장이 공짜 공짜! 공짜에 시선이 돌아갔다. 형씨, 시간도 많은데 연극이나 보죠. 홍유진이 홍보지를 보았다. 노인 공격. 서두빈이 극명에 대해 떠들어댔다. 형씨, 이거 잘못 된 거 아닙니까? 노인을 공격한다니요. 숙고하시오. 현시대라면 노인을 매장하고도 남소.

연극이 깨졌다. 경찰이 무차별적으로 관객을 베어나갔다. 연극배우들은 숨겨둔 권총을 꺼내 사격하기 시작했다. 서두빈은 경건하게도 홍보지를 접고 있었다. 형씨, 이만 가죠. 홍유진이 게처럼 어정쩡하게 걸어오는 경찰을 보았다. 그리려고 했소. 경찰이 일본도를 휘두르려고 한다. 소리 없이 다가간 홍유진에, 경찰은 크게 놀란 듯 팔이 굳었다. 칼 든 팔을 잡아 꺾는다. 경찰의 비명은 투사의 총성에, 한국인의 비명에 한데 뭉뚱그려졌다. 일본도가 쇳소리를 내며 떨어졌다. 경찰은 실신해 있었다. 민간인에게 주의가 쏠려 있다. 소인의 역량이 말라서 서씨를 보호할 순 없겠죠. 처리할 동안 재주껏 보신하길 바라오.

붉은 사내는 출구에서 경찰들과 대적했다. 속속히 막아내는 홍유진은 커다란 방패였고, 민간인과 뭉쳐 서두빈이 빠져나갔다. 경찰만 남은 걸 깨닫자 홍유진이 출구를 봉쇄했다. 총격으로 화약 냄새가 짙게 깔렸다. 무대에 있던 배우들은 독립투사였다. 홍유진을 아군으로 인식했고, 그를 위한 탄환이 경찰을 물었다.

홍유진이 사라졌다. 경찰의 어깨에 긴 상흔이 그려진다. 배가 갈라지고 내장이 흐른다. 목이 뎅겅 날아간다. 다리가 달려 뼈가 보인다. 손가락이 산산이 터지고 손톱이 껍질째 들린다. 보이지 않았지만 홍유진은 사속하게 칼을 놀리고 있었다. 동공이 확장된다. 눈물이 맺힌다. 그것이 건조된 건지, 감정이 벅차오르는지 알 수 없다. 홍유진은 한계에 패배할 것만 같았다. 동굴 같은 괴성이 공기를 울렸다. 발광하는 심신을 주체할 수가 없다. 그가 정신을 잡았을 땐 그밖에 남아 있지 않았다. 빨간 구두가 빨갛게 질척였다. 홍의에 더러운 피가 검붉게 묻어 있었다. 출구를 연다.

　형씨…….

　홍유진은 서두빈의 위치를 단번에 알아냈다. 서두빈이 본 홍유진은 살인마였다. 온몸에 피 냄새가 작열했고, 그것이 뚝뚝 흐르고 있었다. 비록 홍의이긴 했으나, 실재하는 피의 색깔을 따라갈 순 없었다. 무엇보다 광기 어린, 충혈된 눈동자가 인상에 박혔다. 서두빈은 살인자 시절에 저런 눈을 가졌을 거라 생각했다. 부릅뜬 눈에는 인간다움을 찾기 어려웠다. 짧은 시간이었다. 여자아이가 홍유진을 보고 울었다. 홍유진의 동공이 줄어들었다. 형씨, 파출소까지만 지켜주세요. 서두빈이 아이를 업었다. 동공이 커진다. 홍유진은 천천히 샛길로 걸어나갔고, 방향에는 경찰이 농담을 주고받고 있었다. 시멘트 벽으로 일본의, 친일의 혈흔이 튀겼다. 아무런 생각도 들지 않는다. 홍유진은 인대가 끊어질 듯이 서두빈의 반경을 사수했다.

　약한 인기척, 누군가 홍유진을 쫓지만 그의 걸음에 미치지 못한다. 홍유진은 민간인치고 범상치 않은 행태를 보았다. 권총을 소유하고 있었다. 지친지 바닥에 꿇어 무어라 말한다. 살인자 이놈……. 홍유진이 남자의 앞에 선다. 남자는 풀린 듯한 초점으로 고개를 들었다. 살인마! 살인마!……. 남자는 권총을 드는 듯했으나, 칼질이 가볍게 선공했다. 어깨가 잘렸다. 남자는 결심했는지 최후를 맺었다. 이 살인마야……. 그래, 차라리 죽여. 죽이란 말이야!

"좋소, 그것이 그대의 바람이라면."

서두빈이 파출소에 도착했다. 언니들을 만날 수 있을 거라며 달랬다. 실종 신고를 하고 홍유진이 오길 바랐다. 구름에 먼지가 끼여 우중충하다. 소나기 가 오려나. 형씨 우산도 없을 텐데. 날씨는 정직하게 굵은 빗방울을 건조한 땅으로 끼얹었다. 삽시간에 바닥은 흥건해지고 창문으로 이슬이 주르륵 흘 렀다. 이게 웬 날벼락이여! 축축해진 순경이 한탄하며 문을 닫았다.

적조 같은 호수가 묽어지고 하수구로 밀렸다. 상층의 배수구에서도 물벼 락이 콸콸 떨어졌다. 고양이가 지붕 아래, 자동차 밑으로 숨어들었다. 시체들 이 씻겨진다. 중절모가 짙어져 갔다. 얼룩졌던 홍의의 표면도 씻겨 내려간다. 혈액이 희석된다. 일본도는 요망한 얼룩이 남아 제거되지 않았다. 홍유진이 환풍기 틈으로 칼을 넣었다. 그리고 벽에 기대어 미끌리듯 주저앉아버렸다. 하늘이 그늘을 몰아내고 개였다. 비가 멈춘다. 바람이 뺨을 할퀴었다. 속이 차가와진다. 홍유진은 흔들리는 이성에서, 따뜻한 탕이 그리워졌다. 손가락 이 부들부들 떨리고 있었다. 자조적인 웃음이었다.

사흘이 지났다. 서두빈은 감히 홍유진을 찾을 엄두가 나지 않았다. 아이도 지켜야겠거니와 상황이 어떻게 돌아가는지 모를 골목을 드나드는 건 자살과 맞먹기 때문이었다. 경찰과 마주치는 일이라면 불심검문으로 고문당할지도 모른다. 홍유진의 죽음도 고려했지만, 아이가 보호자를 찾을 때까지만 걱정 을 잠정보류하기로 했다. 그래도 사흘이면 충분하지 않았는가, 서두빈은 갖 가지 잡념이 들었다. 휴가가 끝나면 되돌아가야 하는데……. 신고하는 것도 안 되고, 형씨가 꽤 많이 죽인 거 같은데……. 서두빈은 홍유진의 눈이 새삼 떠올랐다. 빨려 들어갈 듯했지…….

　서두빈과 아이가 파출소 눈치를 보며 구석탱이에서 맛난 간짜장을 후루룩 마실 때, 그가 당도했다. 말끔하게 다져진 모습에는 전에 없던 점잖은 기색이 배어 있었다. 서두빈과 아이는 입가에 짜장을 묻힌 채, 맹구같이 홍유진을 맞이했다. 여태 어디 있었던 거예요? 온탕에 푹 쉬고 왔소. 홍유진은 선을 긋고 언행을 삼갔다. 입술은 슬픔을 무뚝뚝함으로 애써 감추고 있는 것만 같았다.

　형씨도 짜장면 먹을래요? 서두빈은 짜장면 1인분을 시켰고, 파출소의 점심도 짜장면이 되었다. 후식으로 커피를 마셨다.

　"서씨, 오늘 천황이 방문할 예정이라 하오."
　"아, 그거 봤습니다. 뉴스에 떠들썩하던데요. 광장에서 열린다면서요. 한창 인파가 북적북적거리겠군요."

　종이컵을 버리고 서두빈이 담배를 물었다. 홍유진이 따가운 눈총을 쏘는 것 같았다.

　"소인도 태우고 싶소만."
　"예? 괜찮겠어요?"

　홍유진이 담배를 물었다. 서두빈이 불을 붙여주었다. 연기를 내뿜는다.

　"홍원재로 개명하려고 하오."
　"이름, 말입니까?"
　"계집을 칭하는 거 같아 진작 바꾸고 싶었건만, 후회가 늦었소."

　전화가 왔다. 파출소로 온 사람은 어린 남녀 두 쌍이었다. 잉여청소년(비행

청소년) 같기도 했지만 차림이 정갈하여, 판단이 잘 서지 않았다. 그들은 꾸벅 인사를 하고 떠나버렸다.

홍유진이 시각을 확인했다. 시간이 됐구려.

"작별을 고하려고 하오."
"기억난 거예요?"
"그렇소. 못난 조상이 되지 않기 위하여, 천국에서 봅시다."
"예? 무슨……."

말을 맺기도 전에 홍유진이 파출소를 빛처럼 빠져나갔다. 서두빈이 나왔을 때 길은 덩그러니 비어 있었다. 휴가도 넘치는데, 어디로 가야 하나. 기차역으로 가기 위해 버스를 탔다. 오랜만에 아버지 묘나 갈까나. 도로가 붐볐다. 버스 기사가 라디오를 틀었다. 갑작스러운 긴급속보였다. 황태자가 사망했습니다! 황태자가 사망……. 서두빈은 기쁨보다 의문이 컸다. 누가, 누가 죽인 거지? 범인의 신상을 파악했다는 속보가 전달됐다. 범인은…… 홍유진이라는 중년 남자로, 나이는 42세…… 살인 전과가 있는……. 형씨가? 창문으로 경적이 만연했다. 경찰이 부대 단위로 달려가고 있었다. 광장으로 가는 게 틀림없다. 아저씨, 문 좀 열어주세요. 서두빈이 도중하차했다.

도시는 전쟁터였다. 간첩을 솎아내려는 한국군이 휘젓는 그때 같았다. 지금 그 한국군은 견찰이고 간첩이 한국인이라는 사실이 변했을 뿐이다. 줄줄이 수갑에 묶여 연행되는 게 보였다. 경찰 버스에 욱여지는 비참함, 유족의 심정이련가.

서두빈은 갈림길에 섰다. 맞서야 하는가, 도망쳐야 하는가. 또 도망치는가? 덜컥 겁이 났다. 뭘 두려워하는가? 고통? 존재의 상실? 빚? 무엇을? 죽고 나면 그건 아무것도 아니다. 어떤 것도 남지 않는다. 고문받으면? …… 고문을 왜 두려워하는가? 고통이란 순간적이다. 극에 달한 신념이었다. 선택과 행동은 서두빈의 몫이었다. 역시 망설인다.

손님 없는 택시가 그를 유혹했다. 택시 타고 가면 돼. 죽을 일은 없을 거야. 안전할 거야. 서두빈은 겁쟁이란 비열한 단어가 떠오른다. 겁쟁이, 겁쟁이! 깔보는 듯한 전조등이 자지러지게 웃었다. 현실은 짜증나는 경적이 빵빵거리며 서두빈을 지나칠 뿐이었다. 자괴감을 들게 하는 소리는 단지 경적이었다.

"불심검문이 있겠습니다."

두 경찰이 서두빈의 옷을 뒤졌다. 무기력함을 느낀다. 모욕감을 느낀다. 이들은 한국을 버린 매국노인가, 생계를 유지하려고 칼을 든 자들인가. 심의가 증식을 거듭했다. 신분증을 본 경찰이 일본도를 꺼냈다. 죽어주셔야겠습니다. 어이가 없었다. 그들도 유감이라는 애매한 경의를 지껄였다. 날이 섰다. 공기를 베는 순간 서두빈이 극성을 뿜었다. 추잡한……! 근본 없는 자식들아! 질끈 날을 잡았다. 서두빈의 손바닥에서 끈끈한 피가 흘렀다. 핏방울이 날을 타고 내려간다. 경찰의 이마를 머리로 들이박았다. 경찰은 쓰러졌고 동료가 엉덩방아를 찧었다. 서두빈이 일본도를 주위들자 황급히 달아난다. 아직껏 참아왔는가.

이젠 참을 수 없다.

껍데기는 가라

껍데기는 가라
8월의 알맹이만 남고
껍데기는 가라

껍데기는 가라
뿌리 깊은 태극의 기상만 머물고
껍데기는 가라

그리하여, 다시
껍데기는 가라
훗날에는, 붉은 철조망이 헐벗은
흥부와 놀부가
천국의 이상에서 만나
눈물 흘리며
부둥켜안을 지어니

껍데기는 가라
마라(馬羅)에서 온성(穩城)까지

푸르라한 백운만이 덮고
그, 어두운 그림자는 가라

못난 조상이 되지 않기 위하여

홍유진의 배후 세력을 처단하기 위해 한국인 집단 연행, 단두. 천황만은 지키겠다는 명목으로 졸렬하기 그지없었다. 극단적인 진압 태세에 백호군(백두산 호랑이 : 독립투사 집단)이 서울 일대로 진격하는 계기가 생겼다. 나흘 만에 수도는 그야말로 아비규환. 중동의 예고 없이 터지는 폭탄과 단음에 살을 파고드는 총알과 비교해도 손색이 없었다.

악몽 같은 긴장의 연속도 석 달이 지날 무렵이었다. 제한형일 정부가 백기를 흔들었다. 일본 경제 불황, 일본 내부 분열 심화, 재일교포 저항 운동으로, 해는 수평선 너머로 가라앉았다. 제한형일국을 통제할 수 없었다. 일본 자신도 무너지려 했다. 물론 복합적인 이유가 있지마는, 어쨌든 국명은 대한민국으로 되돌아왔다. 노인 안락사법, 일선한후를 폐지했다. 백호가 보관하고 있던 국사의 데이터를 보태 역사 문제 연구소, 한국 역사 문화 연구원, 한국 역사 연구회 등 많은 협회가 재편찬에 동참했다. 반민특위(반민족행위특별조사위원회)가 부활하여 교도소가 만원이었다. 한편 사적으로 친일 청산을 감행하는 조직이 생겨나 혼란을 낳기도 했다. 친일파가 적어짐에 따라 활동은 알아서 누그러졌다.

"아빠, 여긴 왜 비석만 있어요?"

비석엔 홍원재 의사(義士)가 새겨져 있었다. 무덤은 올라오지 않았다. 서두빈은 목마를 태운 딸에게 말해 줬다. 딸은 아버지의 머리에 손을 짚고 하늘을 우러러보았다. 한 점 부끄럼 없는 푸른 구름이었다.

"나라를 지키신 분이었어. 아주 용감하고 드세서, 희생을 감내하고 천황을 암살한 분이셨지. 그 자리에서 칼과 총을 맞고 하늘나라로 가셨어. 질긴 석 달의 사투 끝에 독립되었지만, 그 전에 제한형일국은 나쁜 마음을 먹고 홍원재의 유골을 은폐했단다. 그래서 유해가 돌아오길 기원하면서 비석만 안치해놓은 거란다. 안중근 의사의 유골을 찾아냈듯이, 홍원재의 유해도 곧 찾을 수 있을 거야."

"의사가 아닌데 왜 의사라고 써놓은 거예요?"

"옳의 의, 선비 사라는 한자를 써서 의사라고 한단다."

서두빈이 마음속으로 전했다. 형씨! 하늘은 안락한지요.

후기

변천의 시작은 아노미 현상을 바탕으로 단편적인 혼란상을 그리는 것이었습니다. 첫 번째로 살인자 편은— 어쩌면 너무 흔한 범죄 행각이 되어 무감각해진 걸 시작점으로 끊은 거지요. 그러다 한국에 초점을 맞추면서, 왜 이런 결과가 나타났을까 하는 사회 문제에 본질적인 원인을 생각해 봤습니다. 친일청산이 수포로 돌아간 게 떠올랐죠. 과장하면 친일파가 아직까지 정치를 흔들고 있으니, 이들이 나라까지 팔아먹을 수 있겠다는 장난스러운 상상에 도달한 겁니다. 그래서 나온 아이디어가 제한형일시대입니다.

제한형일시대는 알고 보면 아무것도 아닙니다. 막상 냄비처럼 끓다가도 사람들은 언제 그랬냐는 듯이 지냅니다. 나라가 넘겨져도 서민들은 상관없을 겁니다. 당장 먹고 살 문제는 변하지 않으니까요. 국민을 비판하는 게 아닙니다. 어쩔 수 없는 거죠. 먹고 살아야 하니까. 당연히 나라를 팔아먹은 국회의원과 친일파를 비판하는 겁니다. 친일이라는 것도 모호하네요. 보수도 진보도 아닌 것이, 자칭 보수라 칭하며 진보를 종북주의자로 치부하는 것들이니까요.

생각해 보면 민족주의 성향이 강한 소설이 아닌가 합니다. 이게 심해지면 국수주의로 흐를 수밖에 없는데요. 변천을 지나친 국수주의로 비난하셔도

딱히 할 말은 없습니다. 사실이라서요. 근데 제가 한국인이다 보니까 피할 수 없는 가치관이기도 한 것 같습니다. 다만 합리화해서 민족주의가 반드시 좋다는 건 아닙니다.

　재미없는 소설이 끝났습니다, 라고 말하고 싶었습니다. 작가가 제 소설을 비하하는 건 무슨 뻔뻔함일지도 모르겠습니다. 그런데 시대는 너무 흘러버렸습니다. 국사가 선택 과목이 되면서, 안 들어도 사는 데 문제가 없어졌습니다. 네, 참 좋군요. 청소년들은 더 이상 과거를 곱씹으려 들지 않습니다. 이건 뭐, 카르페 디엠(편집자주 : 지금 살고 있는 현재 이 순간에 충실하라는 뜻의 라틴어로, 호라티우스의 시의 한 구절에서 나온 말.)인가요.

　상관없습니다. 흥미 없는 독자는 필요 없습니다. 흥미 끄는 게 중요하긴 하지만, 전 그러려고 변천을 쓴 게 아닙니다. 민족을 위해서 쓴 거라고 감히 말하고 싶습니다.

집필 기간 : 2011.12.03 ~ 2012.10.27